空ニ吸ハレシ
15ノココロ

おばあちゃんへの
ラストレター

園田由紀子

はじめに

四歳になる頃、一九六四年の東京オリンピックの開会式が白黒テレビで放映されているところを祖父の膝《ひざ》の上で見た記憶がかすかにあります。千葉市稲毛《いなげ》にあるつましい家の四畳半の団欒《だんらん》部屋《べや》での出来事です。小学校中学年の頃には、夏休みに大阪万博に出かけた友達がうらやましかったことも思い出します。

そんな、私の子供時代の特筆事項は、何といっても大家族の中で育ってきたことだと思います。三人兄妹《きょうだい》と両親、そして父方の祖父母（おじいちゃん・おばあちゃん）、母方の祖父母（おじいさん・おばあさんというように呼び方を使い分けていました）、一時期は母の妹も加えた総勢十人が一つ屋根の下で穏《おだ》やかに暮らしていました。いつでも母や祖父母の誰《だれ》かが家に居たので、私自身が成人するまで玄関にカギを閉める習慣はありませんでした。

成長と共に、そういう環境がまれであることを客観視できるようになりました。それでも、大家族が平穏《へいおん》に生活を営む根底にある互いを思う気持ちにまで想像が及ぶようになったのは、ずっとずっとあとになってからです。

明治生まれの敗戦職業軍人同士の両祖父と、その妻たちの言わずもがなのいたわり合い。愚直《ぐちょく》に働き家計を支え続けた大正生まれの父の芯《しん》の強さ。そして、大家族の要《かなめ》の役割としての母の振る舞いの偉大さ。


私の母である妙子《たえこ》は、嫁として娘として私の祖父母四人を介護の末に看取《みと》ります。その頃並行して順に巣立った私たち兄妹は、これまた順に生まれる子供たちと共に週末ごとに稲毛の家に集まっていました。孫たちにとっての妙子は、生まれた時からすべてを受け入れてくれて、おいしいごちそうをたくさん作ってくれるスーパーおばあちゃんとして、やはり稲毛の家の要でした。

そして妙子は、つれあいをも見送ります。兄や私が巣立ち、週末ごとに孫世代が集《つど》い、笑いの絶えなかった家でとうとう一人になったのです。

妙子は夫亡きあとの一年で、実に潔《いさぎよ》く後じまいをやり遂げ、幕張にある老人ホームを終《つい》の棲家《すみか》に選びました。私の娘である理沙《りさ》が高校に入学して寮生活を始めたのもちょうど同じ年の春のことでした。

妙子は、昭和ひとケタの四年生まれ。戦争末期〜終戦時期が思春期と重なる世代です。一方の理沙は平成ひとケタの三年生まれ。

この物語は、そんなおばあちゃんと孫が、互いの価値観を交錯《こうさく》させながら、互いの新生活を励まし合ってきた一年間の往復書簡《おうふくしょかん》です。ベースになっているのは、私のお節介で母の妙子に依頼した理沙との往復はがきでの交信の記録と、今は亡き妙子の遺品の日記で、ほかの部分はその一年間の出来事から想像を膨《ふく》らませたフィクションです。かなり事実に基づいていますが、登場する人物や施設など、一部を架空のものに変更しています。

家族といえども世代の異なる人たちが一つ屋根の下で暮らすことが難しくなってきている時代。この物語が離れて暮らす家族や大切な人のことを思い出すきっかけになれば、これに勝る喜びはありません。

園田由紀子

空ニ吸ハレシ15ノココロ　目次

装幀　佐々木博則
装画・挿絵　コバヤシヨシノリ

転居のご挨拶

皆様には御健勝《ごけんしょう》のことと存じ上げます。御無沙汰《ごぶさた》にのみ打ち過ぎ、失礼を重ねておりましたがこの度転居致しました。

五十年住み慣れ親しんだ地を離れることは寂しくもございましたが、機縁《きえん》に恵まれ新しい居場所を見つけることができました。子供たちの住まいにも近く、お世話になっているお医者様のいる病院にも利便があり、心強いのが何よりと感謝しております。見送った故人たちに守られていると身勝手な思い込みを支えに足元を見つめつつ歩んでまいります。

長い年月のご厚誼《こうぎ》深く御礼《おんれい》申し上げますとともに、今後ともよろしくお願い申し上げる次第でございます。

春寒料峭《しゅんかんりょうしょう》の今日この頃、くれぐれも御身ご大切にとお祈り申し上げます。

平成十九年三月

南部妙子

春分

新生活を始める理沙へ

第一志望の高校の合格おめでとう。合格発表の直後に携帯に電話をくれた理沙の弾んだ声を聞いて、おばあちゃんはうれしくて涙が出ちゃいましたよ。理沙の努力が報《むく》われて本当によかったわね。

それにしても、高校から家を出て寮生活を選ぶなんてとても勇気のいる決断。おばあちゃんは、理沙がそんな高校を受験するという話を聞いた時、一つの力だめしのような感覚で受け取っていました。いざ受かって「ここが第一志望なの。平日は校舎のすぐ裏にある寮で生活して週末だけ家に帰るんだよ」と説明してくれたことが現実になると思うと、かなりの驚《おどろ》きです。それでも、その学校が、理沙が好きな英語を学ぶためにはとてもよい環境なのだということや、朝の寝起きがとても悪い理沙の自立を促すためには寮生活がもってこいだということを理沙のお母さんから聞いて、「なるほどな」と考えられるようになりました。何より、理沙自身が自分の希望で選択した方向に進むことができるんだものね。そしてお父さんがそんな選択を経済的にもきちんと支えてくれるんだものね。それはとても幸せなこと……。おばあちゃんが感傷的になったって仕方がないことだわね。なかなか会えなくなるのは寂しいけれど、理沙の新生活を心から応援しています。

新生活といえば、おばあちゃんもこの四月からいよいよホームでの生活を始めます。おじいちゃんが亡くなってからもうすぐ一年。本当に目まぐるしい日々だったわ。理沙のお母さんや二人のおじちゃんたちの力を借りて、どうにか五十五年住んできた稲毛の家の後始末と処分をして、健《たけし》おじちゃんの所で三カ月間のんびりとさせてもらったけれど、おばあちゃんもきちんと自立しなくちゃね。二人のおじちゃんの家や理沙の家からも近い幕張《まくはり》のホームの五階のお部屋がおばあちゃんの新しい家です。おそらくここが終の棲家になります。この年になって今までとまるで違う生活を始めることは、とてもとても不安だけれども、おばあちゃんの健康を管理してくれる温かいスタッフがいつでも見守ってくれるという安心も手に入れました。それに、おばあちゃんの大嫌いな地震や台風の時も、頑丈な鉄骨の建物は稲毛の木造ぼろやとは比べものにならないほど安全なようです。

そうだわ、今思いついたのだけど、おばあちゃんから理沙にお願いがあります。おばあちゃんは理沙の新生活の応援団長になります。その代わりに理沙もおばあちゃんの新生活の応援団長に就任してくださいね。おばあちゃんは時々理沙に手紙を書きます。でも忙しい理沙は、お返事は無理しなくていいですよ。時々、元気な理沙の様子が垣間《かいま》見られれば幸いよ。

おばあちゃんは今『あしながおじさん』の主人公のジルーシャ・アボットになった気分よ。ん？　主人公ではなくて「おじさん」のほうなのかしら？　こんな幸せな気分をプレゼントしてくれる理沙、ありがとう。

本当に気持ちだけだけど、進学のお祝いを同封します。物入りだろうから理沙の新生活に必要なものを買ってくださいね。フレーフレー理沙ちゃん！

妙子ばあばより

平成十九年三月二十一日

桜吹雪

妙ちゃんへ

妙ちゃん、入学のお祝いと手紙をどうもありがとう。「入学祝い」って書いてあった包み（っていうのかな?）、サクラの絵がかわいくってとてもきれいでうれしかった。いつもお年玉でもらうのは袋だけど、これは結婚式のお祝いみたいな豪華なやつで、ちょっと大人になったみたいだね（笑）。お祝いのお金、大切に使わせてもらうよ。

理沙は昨日のうちに寮に入って、今日の入学式はさっそく寮から通学したよ。通学時間はなんと徒歩三十秒。近っ！　だって校舎の続きみたいに寮の建物があるんだよ。雨の日も傘なし通学できてほんとラッキーだよ。

昨日はプチお引越《ひっこ》しで荷物があったので、お母さんと車で寮まで来ました。家で使っていた自転車も車の後ろの席を平らにして押し入れてきたんだよ。

そうそう、高校は大学のひろーい敷地《しきち》のすみっこにあるんだけどね、大学の正面の入り口の桜並木が超感激だったよ。試験や合格発表の時に通ったところだけど、その時は冬だったからここが桜並木だなんて気づきもしなかった。やっぱり春はすごい。ぎりぎり満開の散りぎわだったけどね。滑走路《かっそうろ》みたいにまっすぐな道に右からも左からも桜の枝が重なって広がって、ピンクのトンネルになっているの。桜は百本くらいあったかなぁ（今度数えてみるね）。それでね、満開の桜の花びらが風が吹くたびに散ってくるの。それもハンパじゃない花びらの量。大学はまだ春休みだったみたいで人もあんまり通らないから、そこに立った理沙は、紅白歌合戦の大トリの演歌歌手状態だったよ（笑）。こんなに桜に感激したのは生まれて初めてだよ。妙ちゃんにも見せてあげたかったな。来年の春は絶対に妙ちゃん連れてきてあげる。

では寮のことをちょっと説明するね。寮は男子寮が二棟、女子寮が二棟。だけど理沙が入った寮の名前はなぜか「第三」女子寮。なんかね、使われていない棟がもう一つあるからこれがもともともう一つの女子寮だったのかもしれないな。でもなんで使わなくなったのかは謎《なぞ》だよ。っていうか、まだよくわからない。怖いミステリーだったらどうしようね（汗）。

寮には全員入るわけじゃなくて、だいたい次の三つのパターンの人が入ります。

①家族が外国にいて自分だけが日本に帰国してこの学校を選んだ人
②家族は日本だけど家がとても遠い人（北海道や九州の人もいるみたい）
③通えない距離ではないけど寮生活を希望した人

理沙の場合は③だね。でも通うとしたらやっぱり二時間はかかるから、入寮を許可されなければ地獄だったよ。

実は高校を選ぶ時に、マグレで受かった家の近くの私立高校に自転車で通学をするか、すごく迷ったの。あっちだと妙ちゃんが入ることになったホームにも近いしね。だけどやっぱり寮生活をしてみたかったからね。大変なこともあるとは思うけど、徒歩三十秒はお寝坊大好きな理沙にはかなり魅力でしょ♪

第三女子寮には今年十五人の新入生が入ったよ。部屋は一応四人用の造りになっているんだけど、一年生二人プラス上級生一人の三人の組み合わせが基本形みたい。同じ部屋になった一年生の子はアメリカから自分だけ日本に戻ってきた真希《まき》ちゃんって子。お父さんやお母さんや兄弟はアメリカなので、週末は都内のおじいちゃんの家にお世話になるんだって言ってた。えらいよね。どんな子かまだよくわからないけれど、すごく大人っぽい感じ。

こんな感じの部屋で、理沙は右のベッドの上の段になりました。昨日と今日はまだ新入生しかいないけどね、明日から二年生の先輩が新学期で戻ってくるみたい。どんな上級生が一緒の部屋になるかちょっとドキドキだよ。

理沙は一年六組の十六番。さて、ここで妙ちゃんに問題です。「①青木、②浅野、③別府、④土井……⑦藤原……⑨石川……⑫松山……⑮澤井、⑯園田……⑱内倉……⑳渡辺、㉑吉田」このクラス名簿の順番は何順でしょうか？　ただし、誕生日順ではありません。アイウエオではないでしょ。成績順でもないよ！　正解は、なんとなんと、アルファベット順なの。さすがインターナショナルな学校だよね。それなのになぜかクラスは「一組、二組……」って呼ぶとこが渋くて意味不明だね（笑）。こんな具合に入学前の名簿《めいぼ》確認から驚きでいっぱいだったんだけど、実際のクラスのメンバーもほんとにいろんな人がいてすごいんだよ。縦にも横にも大きい男の子（アメリカの中学でフットボールやっていたって）や、めっちゃ美人の茶髪《ちゃぱつ》の子、隣のクラスにはハーフの美少年もいたよ。三分の二が帰国生だと覚悟していても、なんかやっぱり理沙が過ごしてきた世界は狭かったんだなっ

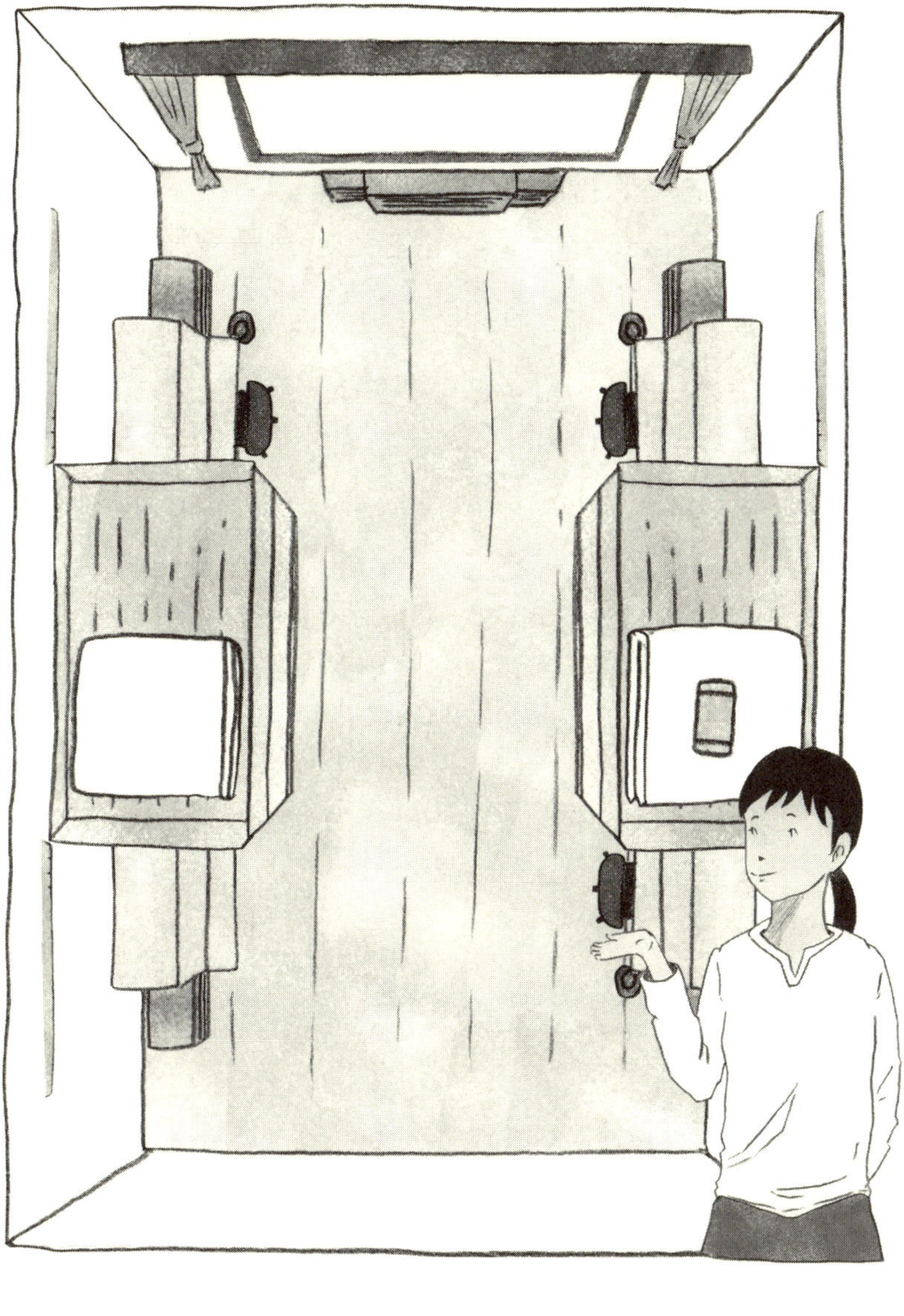

て一日で実感！

入学式は高校から五分くらい歩いたところにある大学のチャペルであってね、別に理沙はクリスチャンじゃないけれど、パイプオルガンの音色に合わせて賛美歌を歌って神聖な感じだったよ。校歌が英語でこれまたビックリ！　担任の先生は元気な体育の女の先生でお母さんと同じ名前の「ユキコ」先生。おじいさんタイプが多い中、お姉さんのような親しみやすい感じの先生でちょっとホッとしたよ。明日からいよいよ本格的な高校生活が始まります。

まだまだ説明したいことはたくさんあるけど、もうすぐ食堂に行って夕飯を食べる時間みたいなので、今日はここまでにします。

妙ちゃんのホームへの引越し、お手伝いできないままこっちに来ちゃってごめんね。今度家に帰った時にさっそくホームのお部屋に行かせてもらうね。理沙も新しい生活、元気に頑張るよ！　ふれぇふれぇ妙ちゃん♪

二〇〇七年四月七日
妙ちゃんの応援団長の理沙より

風光る

ぴかぴかの高校生の理沙へ

理沙からの手紙はおばあちゃん宛《あて》にホームに届いたお手紙第一号です。「南部《なんぶ》さん！かわいい封筒のお手紙ですよ」って、ヘルパーの若い女性が優しい笑顔でお部屋に届けてくれました。ここでの生活は、そんな些細《ささい》な出来事がとてもうれしいのよ。でもね、今まで住んでいた稲毛の家の門の脇《わき》に立っていたおんぼろポストに郵便屋さんがコトンと音をたててお手紙を入れてくれた瞬間《しゅんかん》も、今改めて考えるとうれしかったなと思い出します。まだ元気に庭いじりをしていたおじいちゃんが軍手をはずしてお手紙をおばあちゃんに渡してくれたわ。あらあら……おばあちゃんたら、まだまだ今までの生活の温《ぬく》もりから卒業できないでいるわね。理沙はどう？　学園生活が始まったばかりで緊張していませんか？肩の力は少し抜けたかしら。でも理沙は最初から力んでいない様子だったから安心しています。天真爛漫《てんしんらんまん》に日々の生活を楽しんでいる理沙の姿を想像すると、おばあちゃんはとても穏やかな気分になるのよ。そして、昔同じような気持ちになったことを思い出します。

おばあちゃんが理沙の年――十五歳の頃は昭和十九年、終戦の一年前でした。日本中みんなが国の正義を信じてつましく生きていたあの頃、おばあちゃんの唯一の楽しみは読書でした。暇《ひま》を見つけては女学校の図書室にあった本を読みあさっていた気がします。

あの頃、父（理沙のヒイじいじの俊二《しゆんじ》さんよ）は戦地に出向き、おばあちゃんの妹の治《はる》子《こ》ちゃんと弟の一彦《かずひこ》ちゃんが相次いで不慮《ふりよ》の事故で亡くなった直後でね、母（理沙が赤ちゃんの時亡くなったヒイばあばのヨシさんね。抱っこしてもらった写真が残っているでしょ）を励まそうと思って、家の中では一生懸命に気を張って生活していたの。だからきっと、あの頃のおばあちゃんにとって、女学校の図書室で本を開いた自由な空想の世界はかけがえのないものだったのね。その頃盛岡《もりおか》の女学校にいたのだけれど、盛岡は石川啄木《いしかわたくぼく》という歌人の出身地。石川啄木の歌集をむさぼり読んで、こんな歌に出合ったの。

不来方のお城の草に寝ころびて
空に吸はれし

十五の心

不来方《こずかた》というのは、不来方城《こずかたじょう》という盛岡にあるお城のこと。ああこの気持ち一緒、私の気持ちを啄木さんだったらわかってくれるだろうなと思うと、とても心が落ち着いたもの。思いどおりにいくことなんてあまりなくても、いつでも精神は無限大に自由でいられるのよね（この歌を詠んだ啄木さんの背景については理沙への宿題ね）。

今のおばあちゃんはね、きっとそんな気持ちを理沙に重ねているのね。ポンコツの心臓のおかげで、かごの中の小鳥のような生活をしているけれど、気持ちは理沙の青春と一緒に自由に飛び回ることができるのよ。だから理沙は触手をいっぱいに伸ばしてたくさんのことを吸収してくださいね。恵まれた環境の中、無理に努力しなくても自然に様々なことを受け止められる年頃よ。ゴールデンウイークは少し時間ができるかしら？　素敵に成長していく理沙に会えるのを楽しみにしています。

平成十九年四月二十三日

文学少女だった妙ちゃんより

追伸

桜吹雪の入学式の写真、お母さんから見せてもらいましたよ。

来年の桜の季節は車で連れて行ってもらう約束を由紀子に取りつけました。

その時は案内よろしくね。

一握の砂
石川啄木

薫風《くんぷう》

大好きな妙ちゃんへ

お手紙すごく間があいてしまってごめんね。実は初めての中間テストまであと五日(泣)。寮の子、結構勉強しているけど、私はスペシャルやばいです。寮の中で一番勉強していないかもしれない。

だってね、毎日が本当に楽しくって、部活やって友達と大笑いして、食堂でご飯食べてお風呂《ふろ》入るともう睡魔《すいま》くんに襲《おそ》われるの。この流れの良さ♪

食堂といえばね、毎日色々並んでいる中から自分でお皿を選んでいくんだけど、今日はスパゲッティだったの。ミートソース、バジルとトマトのソース、シーフードのクリームソース、あと明太子味もあった。お盆を抱えながら「全部食べたいなぁ、迷うなぁ」と私が独《ひと》り言《ごと》を言ったら、食堂のおじさんが「全種類いいよ」って理沙のためにスペシャルプレートを作ってくれて感動!! から揚《あ》げもあるんだけど、これは稲毛でおばあちゃんが揚げてくれたから揚げのほうがおいしかったよ。

寮の部屋で一緒の一年生の真希ちゃんのことは前に書いたよね。さすがアメリカ育ちで自立してるって感じだけどとても話しやすい優しいお友達だよ。二年生の先輩の名前は和《わ》華《か》ちゃん（この学校では先輩でも○○ちゃんといいます）。

さて、ここでおばあちゃんに今回の問題です。

問題：和華ちゃんはハーフですが、どこの国とのハーフでしょうか？

ヒントはその名前に両親の願いが込められているのです。勘のいい妙ちゃんは、もうおわかりですね！

正解：中国です。日本（和の国）と中国（中華人民共和国）の懸《か》け橋《はし》になってほしいんだって。なるほどだよね。和華ちゃんはあんまり自分から話をするタイプじゃないんだけどね、この前お部屋にいる時、和華ちゃんが携帯で当たり前のように中国語で話をしている場面に遭遇《そうぐう》したの。その後で、目が点になった理沙と真希ちゃんに「ああ、今のは中国にいるお父さんから。うちのお父さんは中国人でお母さんは日本人なの。両方の教育を受けるようにって親にアドバイスされて、高校はこっちに入ったんだよ」と教えてくれました。

この学校は、ほんとにエキサイティングな学校だよね。

この前の手紙で教えてくれた石川豚……じゃなくて啄木の歌のこと、中間テストが終わったらちょっと調べてみようと思います。でもさ、理沙の気持ちは勉強じゃあない方向に限りなくフワフワと飛んでいるんだけど、大丈夫かなぁ（笑）。

おばあちゃんの十五歳とは比べものにならない自由な時代で、比べものにならないぜいたくな環境だよね。そんな中で、理沙はとてもハッピーな誕生日を迎えました。朝学校に行ったら、黒板に「リサお誕生日おめでとう」って書いてあってホームルームの時間にハッピーバースデーの歌を歌ってくれたの。うちの家族が寮宛に出してくれたお祝い電報が学校の事務室に届いて（考えたら住所は一緒！）それがクラスに届いていたんだって。みんな大盛り上がり♪　電報なんて初めてもらったんだけど、文の最後に「父・母・啓太《けいた》」なんて書いてあるのを読んだらちょっとウルっときちゃったよ。「離れてみて初めてわかる家族のありがたみ」って、こういうことなんだよね、きっと。

そうだ！　家族っていえばね、理沙のペンケースはおじいちゃんの分身なのを前に話したっけ。去年の高校受験の頃、お母さんが「このペンケースのゴリラの顔、おじいちゃん

のとぼけた笑顔そっくりだから買ってきちゃったよ♪」って理沙にくれたの。それ以来理沙はこれを「浩太郎《こうたろう》」と呼んで使っています。もちろんキセキの全勝だった受験期間もこのペンケースと一緒に乗り切ったんだよ。その「浩太郎くん」もクラスの人気者なんだよ。

ああ、もう消灯時間だよう。珍しくご飯のあとで机に向かったけど、また今日も勉強しなかった（笑）。

二〇〇七年五月二十日

テストは浩太郎じいじ頼みの理沙より

夏めく

一つお姉さんになった理沙へ

素敵なお誕生日を迎えられてよかったわね、おめでとう。理沙の幸せのおすそ分けをいただいて、おばあちゃんお手紙を読みながらなんだか涙が出てきました。

今は、ちょうど中間テストの真っ最中かしら。理沙の努力で現在の高校生活を獲得《かくとく》したんだもの。自分の力と自分のペースを信じて定期テストも乗り切ってくださいね。

テストの成績が理沙という人間を表すものさしではありません。勉強を手段にして、理沙がどんな姿勢でどんなことをしながら生きていくかが大事よ。理沙なら大丈夫！　少々ミスしたって、それを糧《かて》に乗り越えていくことを信じています。それに、浩太郎おじいちゃんのお守りペンケースはきっととても強力なパワーがあると思うわよ。

理沙が描《か》いてくれたペンケースのイラストのゴリラの表情は、なるほどおじいちゃんの笑顔を思い出します。お台所に立っているおばあちゃんの横でよくキャベツの千切りをしながらたわいのないおしゃべりをしていた時の表情です。大雑把なおばあちゃんがキャベツを刻むと、「これは千切りではなくて、百切りだろう。包丁研《と》いだから僕が刻むよ」っていつも代わってくれていたわね。ほんとに手先の器用なおじいちゃんだったわ。そういえば、このホームに入るための荷物整理をしていた時にね、理沙が小学生の頃に描いてくれたおじいちゃんのイラストが出てきたの。まさしく「みかんをむいているおじいちゃん」。優しい表情があまりにもそのままで捨てるに捨てられずに宝物と一緒にしまってあるのよ。今度六月の末におじいちゃんの一年祭《いちねんさい》（神道の用語で仏教でいう一周忌にあたる儀式）をするので、その時に持って行きましょう。小学生の理沙の描写力も大したものよ。

理沙たちにはよくみかんの小さな房を一つ一つむいてくれていたわね。

理沙が学校の様子を教えてくれるので、おばあちゃんも昔の思い出ばかりにひたっていないで、このホームの説明をしましょうね。

おばあちゃんが住んでいる五階は一人用のお部屋が二十部屋あって、おばあちゃんみたいに、連れ合いを見送って一人になってから入居する人がほとんどのようです。それも大体が女性で、この階で言うと男性は二人であとは女性（どうして男性のほうが短命なのかしらね?)。個人のお部屋の他に、簡単なお台所がついたダイニングやお風呂、スタッフのお部屋が二カ所あります。だから基本的に周りの十人ぐらいが一つのユニットになって、スタッフに見守られながら、町内の仲間のような感覚で一緒にお食事やお茶をいただいたりします。

お風呂は一人で自由に入る人もいるし、スタッフに手伝ってもらう人もいます。おばあちゃんは今のところ、その中間のような状況でね、一人で入るようにしているけれど、いつ狭心症《きょうしんしょう》で苦しくなるかと不安なので、必ず入浴中は脱衣所にスタッフに居てもらっています。この五階は個人用のお風呂しかないけれど、一階には大浴場もあるし、ベッドや車《くるま》椅子《いす》のまま入浴できる設備もあります。おばあちゃんはね、他の人に体を洗ってもらったりするのはやっぱりちょっと恥ずかしいし、なるべくできることは自分でしっかりやらなくちゃいけないと思ってはいるけれど、だんだん老いていくのは明白なことだから、この設備はとても心強いです。

二年前に浩太郎おじいちゃんの体がどんどん弱っていった時にね、当たり前のことだった「家でお風呂に入る」ということが、刻々と厳しい難しいことになっていったの。そのたびに理沙のおじちゃんの賢《まさる》や健や由紀子と相談して、お風呂のリフォームをしたり、へルパーさんの態勢を整えたりしたけれど、対策がいつも後手後手《ごてごて》になってしまって、それがちょっと苦い思い出です。何より、脳梗塞《のうこうそく》で言葉が不自由になってしまったおじいちゃん自身が、人の手を借りながらお風呂に入ることがどんなに口惜《くちお》しかったかと思うし、おばあちゃんも十分にお世話してあげられない自分のポンコツ心臓が悔《くや》しかったわ。

あらあらいけない。いつの間にか、またクヨクヨばあばに逆戻りしちゃったわね。気持ちを切り替えて、ホームの説明に戻りましょう。

と、ここまで書いたらもうすぐお昼ご飯をいただく時間だわ。続きは午後にしましょう。こんなお手紙を書いていると、やっぱり、あしながおじさんにお手紙を書いているアボットの気分よ。おばあちゃん、気分だけは女学生ね（笑←理沙風）。

今は午後一時半すぎ。お部屋を出てすぐのダイニングルームで、お部屋続きの住人仲間八人とヘルパーさんとおしゃべりをしながらお昼ご飯をいただいてきました。今日もおいしかった。

ご飯やおやつは、基本的にホームの管理栄養士さんがあらかじめ立ててくださった献立《こんだて》で決まった時間にいただきます。

おばあちゃんは糖尿病《とうにょうびょう》の食事制限があるから、お食事のカロリーをきちんと管理した献立で、量も調節してくださるのでとても有り難いわ。実際、このホームに入ってからのおばあちゃんの血糖値はとても安定していてね、この間、一カ月に一度診察していただいている市民病院の相生《あいおい》先生が「南部さん、いいホームを選ばれましたね」と言ってくださってほっとしたところよ。相生先生は、何年も糖尿や心臓の管理でお世話になっている先生で、おばあちゃんが甘いもの好きですぐ気を緩《ゆる》めるのを熟知していらして、温かくでも厳しくチェックしてくださっているの。稲毛のお台所にあった冷蔵庫の中に「孫がいつ来てもいいように……」なんて口実で、いつも板チョコやエクレアを入れていたことも、問診しながら「だけど結局、南部さん自身が食べちゃっていることが多いでしょう」なんて、笑いながら指摘してくださったことがあったわ。

そういうわけで、栄養の管理をしていただきながら、お台所に立つことも免除されていて、心臓への負担のないこのホームでの食生活はとても恵まれています。

でもね、りっちゃん。この状況はとても有り難いし、おばあちゃんの健康面を考えれば最良の選択なんだと自分自身に言い聞かせながらも、どこか釈然《しゃくぜん》としない気持ちなの。

おばあちゃんは今まで家族のために当たり前のように積み重ねてきた食事の支度《したく》や後片付けという営みから「解放された」という感覚にはなれないの。おじいちゃんと結婚したばかりの若い時はね、大家族の長男のお嫁さんになって、来る日も来る日も繰り返さなければいけないお食事の支度から、確かに逃げ出したくなったこともあったのよ。そういえば一度だけ「お友達が病気なのでお見舞いに行ってきます」と嘘《うそ》をついて、杉並に嫁いだ女学校の時のお友達の家でゆっくりお昼寝させてもらったこともあったわ。

ああ、話が脱線するけれどね、今は熱血高校体育教師の健おじちゃんが体育大学の一年生だった時ね、さすがのおじちゃんも入部した部の合宿所生活が厳しくてつらくて、おばあちゃんにこっそりSOSを出してきたの。それで「祖父が危篤《きとく》なので、至急帰省させてください」って合宿所におばあちゃんが連絡を入れて、健おじちゃんは骨休めに稲毛に帰ってきたことがあったわ。だしに使われた南部のおじいちゃんは何も知らずに元気でぴんぴんしてたけれど……。心身が疲れた時は、ゆっくり静養する時間と空間が必要なことってあるのよね、きっと。「嘘も方便」で神様は許してくださるかしら？（健おじちゃんのエピソードは、もう時効よね。今度おじちゃんに会ったら、笑い話にしましょうね）

……話を元に戻しますね。

理沙のお母さんが生まれて、腕白《わんぱく》盛りのお兄ちゃん二人とあわせて三人の幼子を抱えててんやわんやだった頃、昭和で言うと三十六年頃だったかしら……育児は楽しかったけれど、やることがたくさんありすぎて、くたくただった。

そんな時、偶然石垣《いしがき》りんという人の書いた詩集に出合いました。石垣りんさんは、おばあちゃんより少し年上の方だけど、だいたい同じ世代の女性。家族の暮らしを支えながら創作活動をしていらした。この詩集を読みながら、忙しさにささくれ立っていたようなおばあちゃんの心の中がどんどん潤《うるお》っていく感覚になったものよ。今の理沙の時代にはそぐわないこともあると思うけど、その詩集の中の詩を紹介しますね（この詩集もおばあちゃんの宝物だから、実はホームに持ってきていて、お部屋の本棚にあるのよ。今持ってきます）。

石垣りん

私の前にある鍋とお釜と燃える火と

それはながい間

私たち女のまえに
いつも置かれてあつたもの、

自分の力にかなう
ほどよい大きさの鍋や
お米がぷつぷつとふくらんで
光り出すに都合のいい釜や
劫初からうけつがれた火のほてりの前には
母や、祖母や、またその母たちがいつも居た。

その人たちは
どれほどの愛や誠実の分量を
これらの器物にそそぎ入れたことだろう、
ある時はそれが赤いにんじんだつたり
くろい昆布だつたり

たたきつぶされた魚だつたり

台所では
いつも正確に朝昼晩への用意がなされ
用意のまえにはいつも幾たりかの
あたたかい膝や手が並んでいた。

ああその並ぶべきいくたりかの人がなくて
どうして女がいそいそと炊事など
繰り返せたろう？
それはたゆみないいつくしみ
無意識なまでに日常化した奉仕の姿。

炊事が奇しくも分けられた
女の役目であつたのは

不幸なこととは思われない、
そのために知識や、世間での地位が
たちおくれたとしても
おそくはない
私たちの前にあるものは
鍋とお釜と、燃える火と

それらなつかしい器物の前で
お芋や、肉を料理するように
深い思いをこめて
政治や経済や文学も勉強しよう、

それはおごりや栄達のためでなく
全部が
人間のために供せられるように

全部が愛情の対象あつて励むように。

今、こうやって書《か》き綴《つづ》ってみて感じたけれど、おばあちゃんにとってはとてもズンと響く詩なのだけれど、やっぱり今の時代には通ずることが少ないかもしれないわね。

あの頃のおばあちゃんの気持ちを想像するのは、未来の理沙への宿題にしましょう。

要するにおばあちゃんは、自分の「お勝手（お台所のこと）」を持たないここでの暮らしで、安心と引き換えに「家族のために家事をする」というささやかな誇りを手放してしまった気がしているのかしら。

もう、理沙や啓太や、他の孫たちのためにほくほくのから揚げを作ってあげられないものね。

あらあら、気がつくとまたまた後ろ向きの妙ちゃんだわね。こんなことを聞いてくれるほど成長した孫がいることに、おばあちゃんは改めて感激！　です。

理沙にも、誕生日をお祝いしてくれるお友達や先輩、ご飯をサービスしてくださる食堂のおじさん、お母さんと名前が同じ「ユキコ」先生。素敵な人々がいらしてくださって有り難いこと。その中で健闘中の理沙を応援しているお父さん・お母さん・啓太にも感謝ですね。

平成十九年五月二十三日

妙子おばあちゃんより

万《ばん》緑《りょく》 朝焼けの回想

妙ちゃんへ

妙ちゃん、お元気ですか？

や……やっと、中間テストが終わってほっとしているところです。試験の期間中は学校が昼前に終わるから、勉強をする時間はいっぱいあるはずなんだけどね……学校も食堂も購買《こうばい》も開いているから、理沙は自然にそこに居残って友達と遊んで過ごしてしまいました。妙ちゃんは理沙の性格お見通しだから、このパターン、想像できるでしょ（笑）。

あ～あ、テストが返ってくるのユウウツ（漢字書けない）。まあテストのほうは、結果を分析して期末に活《い》かすということで！

でもね、おかげでこの期間にいろんなコと知り合いになれて、ますます学校生活が楽しくなりました。高校に入るまでの環境が見事にみんなばらばらで、理沙が今まで聞いたこともないような国からの帰国の人とかいるんだよ。世界地図を持ち歩かないと理解に苦しむって感じ。中学の時は、同い年の子の経験にこんなに違いがあるなんて想像もできなかったよ。今までの無知な理沙の状況を「井の中の蛙《かわず》大海を知らず」っていうのかな。だとしたら井戸から顔を出すことができて今の理沙はワクワクだよ。

妙ちゃん、木の緑ってすごいね。理沙はよく校舎と校舎をつなぐ二階のわたり廊下《ろうか》に座って友達とおしゃべりしているんだけどね（あ、若者のこういう姿をジベタリアンっていうんだよ♪）。校舎は森みたいに広い大学のキャンパスの中だから、座りながら森の景色を観察できるの。

ゴールデンウイーク明けの頃から、新緑のきみどり色がどんどん増えてきて感動していたら、それが今度はどんどん濃い緑になっていくの。一本一本の木によっても、その緑に違いがあることを発見。あれ？　今思ったけど「木」よりも「樹《き》」って書くのかな、こういうのは？

おしゃべりはほんとに楽しいんだけどね、そこで空を見上げながらぼーっとする時もあるよ。そういえば、これが前に妙ちゃんに教わった啄木の短歌（俳句？）の、

空に　吸はれし　十五の心

って感じなのかな。理沙はこの間十六歳になっちゃったけど、啄木の時代の数え方だと十五なんじゃない？

でもさ、空を見上げながら考えている内容のレベルは啄木さんや妙子さんとかなり違う低いレベルのような気がしますが（汗）。

今日は、教科のことをちょっと書きます。古典が全然わかんない～（涙）。英語はやっぱり好きだな。

この学校の英語は、帰国生と一般生では比べものにならないほどの能力差があるから、細かくレベル別クラスになっているの。理沙は一番下の一般生クラスだよ。一番下っていっても、別に劣等生ではないんだよ。それぞれ育ってきた環境が違うんだから当たり前の能力差。反対に、英語が母国語みたいで日本語がひらがな状態の帰国生もいるし。それぞれのそういう違いを当たり前のように認め合っている学校の雰囲気《ふんいき》って結構いいでしょ。たぶん普通に公立高校に行ってたとしたら、そういう帰国生はごく一部の少数派になっちゃって、そういう子に対して、理沙はみんなと「ＫＹ（空気読めないっていう意味の今どき言葉だよ）」って目で見ていたかもしれないと思う。

そうそう、休み時間の会話がおかしくて、普通のおしゃべりがいつも英文和訳・和文英訳状態だよ。それも何人かの子の知恵を出し合ってから初めて話が通じるの。今度会えるのはおじいちゃんの一年祭やる時かな？　早いね、一年経《た》つの。

はぁ、今、夜の十時。昨日テストの一夜漬けをしたので、今日はもう寝るね。一年前のおじいちゃんのことは、ゆっくり寝て、また明日書きまーす。おやすみ妙チャン！


ガーン、テストがいっぺんに返ってきたぁ。

平均点いったの数学と英語だけだよう。古典は予想どおりかなりヤバ！　まあ勉強さぼったのは理沙だから仕方ないけどね、こういうのを「自業自得」っていうんだよね。なんか、こうやって手紙を書いていると、いろんな言葉を改めて使って賢くなるような気がするなぁ、ハハハ……。「自業自得」も辞書引いた！


気を取り直して、今日は一年前のおじいちゃんのことをしっかり思い出してみます。

ちょうど六月に入った頃におじいちゃんが滝沢《たきざわ》病院に入院して、おばあちゃんも市民病院に入院したんだよね。滝沢病院は理沙が行っていた塾のすぐ近くだったから、おじいちゃんのお見舞いにはよく通えたんだよ。お見舞いできないおばあちゃんの分まで、みんなで代わりばんこによくおじいちゃんのお顔を見に行ったんだ。

　だんだん寝てばかりの時間が増えて「もしかしたら、おじいちゃんは死ぬのかな……」とちょっと考えるようになった頃、学校から家に帰ったらお母さんからの置き手紙が机にあったの。

「今夜はみんなで病室に泊まらせてもらうよ。理沙と啓太二人で病院においで。おじいちゃんの命の終わり方をきちんと見届けようね」

　って、書いてあったと思う。それを読んだ時は心臓がドキドキしてきて緊張して、先に帰って待っていた啓太と二人で急いで病院に行ったの。だけどね、病室に着いたら、おじいちゃんはわりといつもどおり寝ている感じだったし、いとこの麻里絵《まりえ》・実《みのる》・健太朗《けんたろう》と園《その》実《み》おばちゃんがそれぞれ集まってきたら、合宿みたいでなんか楽しくなってきちゃったんだよ。

　夜になったら優里ちゃんと由美おばちゃんもOLさんの服のままで来て、健おじちゃんはジャージ（これがお仕事の服だもんね）、賢おじちゃんはスーツで集合。みんなとてもあわてながら、

「間に合った？」

って、病室に入って来るんだけど、相変わらず眠り続けるおじいちゃんを見て、「ふう……」って、一息ついていた感じ。

お母さんからの連絡が入っていたうちのお父さんもあとから来たけど、お父さんだけは家に帰ったの。次の日からお仕事でアメリカに出発する予定が入っていて、

「抜けられない仕事なので……」

って、賢おじちゃんに謝っていたみたい。

お母さんにも、「悪いけど、アメリカ行かせてもらうよ」って、言っていた。

お母さんも、「出発前にこっちにかかりっきりになってごめんね」って。

なんかみんなで恐縮《きょうしゅく》し合っていたよ。

結局、全部で十一人がおじいちゃんのベッドを囲んで、コンビニのおにぎり食べてわいわいしながら夜を過ごしたの。入院していて来られないおばあちゃんの写真はちゃんとおじいちゃんの枕もとに置いてあげたよ（あとでお母さんに聞いたけど、おばあちゃんはあらかじめ、「おじいちゃんの最期《さいご》の連絡はしなくていいよ」って、もう覚悟していたんだね）。

看護師さんがお泊《とま》りする家族に用意してくれた折りたたみベッドやパイプ椅子に順番に座ったんだけど、この人数じゃあ足りなくて、おじいちゃんのベッドの足元におしり乗せた人はおじいちゃんの脚《あし》をさする役になって。

時々、

「はい、席替えタイム♪」

なんて言いながら、ほんとは神妙《しんみょう》にしなくちゃいけない病室のくせになんか楽しかった。

おじいちゃんのことを何年も診《み》てくれていた平野先生が夜になってお部屋に来てくれたんだけどね、ドアを開けて大人数のうちらを見たら、ビックリ顔で、

「うわっ！　これが南部さんご自慢のご家族たちですね。なんかこの雰囲気、納得です」

って、笑ってくれたよ。何が「納得の雰囲気」なんだろうね（汗）。

平野先生、最初は笑っていたけどね、その後まじめな顔でおじいちゃんの容態《ようだい》を説明してくれたの。血圧や心電図の機械の数字、呼吸の様子や導尿《どうにょう》しているおしっこの量や色とか、きちんとそれが何を表しているのか説明をしてくれて、理沙にもおじいちゃんの体の状態が一歩ずつ死に向かっているのがよくわかったよ。

平野先生、

「今夜私は当直ではないので、ひとまず帰宅します。でも必要が生じたら、いつでも駆《か》けつけることにしてあります」

って、ものすごく深くおじいちゃんに向かってお辞儀《じぎ》をしてくれたの。なんか感動するお辞儀だった。

おばあちゃんに聞いていたとおり、平野先生って、ほんとに若くってかっこいい先生だね。あれで家では小さな子のママだなんてすごいよね。

あの時、ちょっと思ったんだけどね、患者さんのために夜遅くまで病院に居て、帰ってもいつでも駆けつけられるようにしておくってことは……家でのお母さんとしてのお仕事とは別なんだなって。仕事の責任を果たすっていうのはこういうことかって、あの時具体的に考えられた。お父さんがアメリカに行くほうを選んだのも、同じことなんだよね。

おじいちゃんの命はものすごく粘り強かったんだよ。呼吸が信じられないくらい間があいて、みんなで息を潜《ひそ》めて見守っていると、すごい空白の時間のあとで、静かに空気吸うの。

おしっこやうんちの色が見たこともないような黒っぽい色になっても、足の裏が冷たく硬くなってきても、心臓は動き続けて、おじいちゃん、簡単には死んじゃわなかったよ。

明け方、ちょうど四時を過ぎるのを健おじちゃんが時計で確かめようとしていた時に、今までつぶり続けていた目を大きく開けたの。

今までに見たことのないうすい灰色の瞳《ひとみ》の色だった。そこに涙を溜めて、

「ふううううう……」

って細くて長い息をしてね、目をつぶったと思ったら、涙がつうっと流れて、一瞬で苦しそうにしわが寄っていた顔つきが優しくなったの。初めて見るその瞬間だったけど、

「あ、これがその瞬間なんだ」

って、はっきりとわかった気がしたよ。

賢おじちゃんが、泣き笑いしながら、

「オヤジ、ありがとうな」

って言ってた。

みんなでそれぞれの言葉でおじいちゃんにお別れの言葉を言っていたと思う。理沙はなんて言ったか忘れちゃったけど、きっと泣きながらおじいちゃんの体をさすってお別れをしていたと思う。

健おじちゃんが、

「いいか、おじいちゃんが最後の最後まで自分に与えられた命に向き合っていたことを孫たちは忘れるんじゃないぞぉ！」

って、先生っぽいこと言ってくれたよ（笑）。

ちょっと間があってから、当直のお医者さんと看護師さんが遠慮がちに入ってきて、そこからはドラマのシーンと大体おんなじだったよ。でも、おじいちゃんの場合は急に亡くなったわけじゃないので、お医者さんたちはナースセンターのモニターでおじいちゃんの心臓が止《と》まったのを確認しても、しばらく家族だけのお別れの時間をくれたみたい。こういうのを「気を遣《つか》う」とか「気を利《き》かせる」っていうんだよね。理沙もそういう「気遣い」ができる大人になりたいな（遣うって書くのも今辞書引いて初めて知ったよ……）。

その後、五時頃になって、平野先生が約束どおりいらしたよ。きっと、自分の子供には「おはよう」を言わないまま駆けつけてくれたんだろうね。

「大腸がんの手術で人工肛門《こうもん》をつけるためにあけたわき腹の穴を、きちんと私に縫わせてください」って。お医者さんの責任ってすごいね。

おじいちゃんの最期のことをこうやっておばあちゃんに伝えるのは初めてだね。おばあちゃん、悲しんじゃうかな？　だとしたらマジごめんね。

だけどね、おばあちゃん。理沙は生まれて初めて人が死ぬ瞬間を見ることができたよ。元気で優しかったおじいちゃんが、病気でだんだん弱っていく姿を見せてくれたよ。

何よりも、きちんと最期まで生き抜くことの重たさをおじいちゃんは理沙に教えてくれたよ。

おじいちゃんの一年祭の直前に、こうやって一年前を振り返ることができてよかった。おじいちゃんのお墓の前で、とてもとてもしっかりとおじいちゃんとお話ができるような気がします。

今日は目がさえちゃって、眠気が襲ってきません。でも、電気を消して、おじいちゃんの元気だった頃のことを思い出しながら、目をつぶってみようっと。夢に出てきてくれるといいな♪

ではまた。おばあちゃん、お元気でね。

理沙より

二〇〇七年六月六日

青《あお》葉《ば》雨《あめ》

新緑のようにまぶしい理沙ちゃんへ

二日がかりの温かいお手紙受け取りました。理沙の学校での様子が手に取るように想像できて楽しいです。

中間テストの英語と数学の成績立派、素晴らしいじゃないの！（理沙のお母さん由紀子の高校時代の最悪点は確か世界史のテストで百点満点の十三点。これ、オフレコ情報ね）

理沙、学校に行くのはお友達がいるからだと、おばあちゃんはつくづくと思います。勉強だけでいいのなら、一人で図書館や予備校に通って学ぶこともできる。お友達と一緒の世界を持っている今の幸せを、限りない可能性が広がりそうな平和な学校生活を送ることができる幸せを、存分に自分のものにしてくださいね。

おばあちゃんは、転勤ばかりの軍人さんの子供だったから、今の理沙がとてもうらやましい。それに、おばあちゃんの時代の男子はほとんど、学びたくても「学徒出陣《がくとしゅつじん》」で戦争に行き、何万人もの若者がそのまま亡くなったの。そんな時代を経て今の平和がある事実を心に留めて学んでくれたら有り難いです。

前に教えてくれた、ルームメイトの「和華ちゃん」、ほんとに素敵なお名前ね。日本と中国との懸け橋というご両親の思いの一文を読んで、今の時代の幸せにつくづくと感じ入りました。

浩太郎おじいちゃんは若い頃、大学で中国語を学んで、上海の貿易会社で働いていたそうよ。そのあと、中国との戦争の渦《うず》の中で、大きく人生が変わってしまったけれどね。

理沙、李香蘭《りこうらん》という女性のことを知っていますか？　やはりあの時代の日本と中国の狭間《はざま》で、抗《あらが》いようのない流れに翻弄《ほんろう》された実在する一人の女性です。名前を頭のすみに留めておいて、何かの機会があったら、そんな時代のことをひもといてみてね。そういえば、劇団四季の浅利慶太《あさりけいた》さんが、劇にしてくれているようです。

おばあちゃんは今さら、あの戦争のことにあれこれと言及するつもりはないけれど、お隣の国の中国と仲良くしていく世代がすくすくと育っている事実に接して、心が穏やかになりました。

一年前のおじいちゃんの様子も、くわしく教えてくれて、ありがとう。じっくりと時間をかけて（おばあちゃんの生活は時間だけはたっぷりあるのよ）、おじいちゃんの最期の様子を読み取りました。

大腸がんの大手術後、人工肛門になって、よく、閉口しながらストマ（手術によって腹部に作られた排泄《はいせつ》の出口）の交換をしたっけな。あの頃は、前立腺《ぜんりつせん》のほうも調子が悪くなって、カテーテル（医療用の軟らかい管）のお世話になったんだけど、尿が濁ってカテーテルがちょくちょく詰まるようになってきてね、おじいちゃん苦しそうだった。昼間だったら、通ってくれていた看護師の資格を持つヘルパーさんや由紀子やお嫁さんの園実ちゃん、由美ちゃんに連絡して車を出してもらって、そのたびに、急いで病院に行ってカテーテルの交換をしてもらっていたの。みんなよく協力してくれていたわ。

老々介護の生活は、なんとも危なっかしい日々の積み重ねではあったけれど、隣でおじいちゃんが寝息を立ててくれていたのは、おばあちゃんが生きている上での支えのようなものだったわ。

おじいちゃんとおばあちゃんがそれぞれ別の病院に入院することになった救急車のドタバタ喜劇の夜のことを少し補足しましょう。

あの時は、カテーテルの詰まりから夜中におじいちゃんが苦しみだしてね、みんなに連絡するのを迷っているうちにおじいちゃん失神しちゃってね、おばあちゃんはあわてて、どうにか救急車と賢おじちゃんに電話をしたの。賢おじちゃんはすぐに健おじちゃんと由紀子に連絡をしてくれたみたいね。一台の救急車と由紀子が同時くらいに到着。おばあちゃんは気が動転して狭心症の発作を起こしちゃっていてね、ベッドで泡吹きながら失神しているおじいちゃんの横で、ゼイゼイ言いながら胸を押さえて座り込んでいるおばあちゃんを見た救急隊員さんは、由紀子に向かって、

「どちらを先に……？」

って呟《つぶや》きながら無線でもう一台の救急車を要請してくれていたみたい。

賢おじちゃんは二台目の救急車と同時。健おじちゃんは、二台の救急車と由紀子・賢の車の合わせて四台が華々しく縦列《じゅうれつ》駐車しているところへ到着。ご近所の方々がさすがに心配して夜中なのに出ていらしている中、健おじちゃんは恐縮しながら家に駆け込んできたんですって。なんとも人騒がせな家だわよね。今振り返れば、ドタバタ喜劇って言えるけれど、あの渦中《かちゅう》はやっぱり修羅場《しゅらば》だったかな。あの日、おばあちゃん自身の狭心症はニトロ（治療薬のニトログリセリンのこと）を飲んだおかげで程なく落ち着いて、おじいちゃ

んだけ、救急車で搬送《はんそう》してもらったの。

子供三人が皆市内に住んでいて、救急車と同じくらいに家に到着してくれて、どんなにか心強い思いをしたか。それに、そのあとですぐ、おばあちゃんのことも相生先生と相談してくれて、市民病院をおばあちゃんの一時避難所にしてくれたの。

そして、あとは理沙が知っている通り、おじいちゃんの看病を理沙たち孫も交えて、協力し合ってくれたのね。

おじいちゃんは愛する子供と孫全員に見守られて旅立つことができて、とても幸せだったと思っています。改めてありがとう。

理沙のお手紙のおかげで、おばあちゃんも改めておじいちゃんの死ときちんと向き合えた気がします。

おじいちゃんの一年祭は、制服姿の理沙に会えるわね。梅雨《つゆ》の時期になってしまうけれど、雨が降らないでお墓参りができるといいな（でも、水不足は農家の方が気の毒）。

おばあちゃんは、青山でみんなにきちんと会えるように、体調を整えておきますね。

そういえば、新緑から濃い緑になっていく木々の様子はこの五階のお部屋からも楽しめます。今日はあいにくの雨だけど、雨に洗われた緑もまた美しいもの。もう梅雨入りだわね。

ここは、昔からの緑豊かな古い町並みと、海を埋め立てて出現した新都心とが両方眺められる場所なのよ。里山の辺りのこんもりと茂った緑と整備されたビル群の狭間の規則的な街路樹の緑の対比にも気づかされます。

埋め立て前の漁師町だった頃の幕張の様子はこの地で育った椎名誠《しいなまこと》という人の小説に出てくるのよ。あ、椎名誠さんは、おじちゃんたちや由紀子の卒業した高校の先輩ですよ。

理沙にお手紙を書いている時間はとても充実していて、あっという間に半日過ぎてしまいます。理沙の応援団のつもりの文通だったのに、いつの間にか、おばあちゃん自身の癒《いや》しの時間になりつつあります。

では、また。

妙子より

平成十九年六月十日

追伸
ユウウツという漢字は「憂鬱」と書きます。

夏至《げし》の夜

妙ちゃんへ

梅雨に入ったけど、お天気の日は日差しがかなり強くなってきました。お元気ですか？

この前、生物の学習で大学のキャンパスの中を歩き回りました。先生のガイドでの植物の学習だよ。

大学の中は入り口の桜並木だけじゃなく、ものすごく大きな木々が森のようにうっそうと茂っています。ガイドされるまで気づきもしなかったけど、背の高い木や低い木、中くらいの高さの木、それに地面をはうような下草《したくさ》まで、それぞれがお互いを邪魔《じゃま》し合わないでバランスよくはえているのね。そんな木々のまわりはね、葉っぱがみんなで二酸化炭素を吸って、酸素を出してくれるおかげで気温が二度くらい低いんだって。それにマイナスイオンたっぷりで清々《すがすが》しいの。木って偉大だよね。

今日「四寮交流会」という行事がありました。名前のとおり、四つの寮生がみんなで新入生を歓迎してくれる会です。それぞれの寮の一年生が自己紹介したりスタンツ（出し物のこと）やったりしたあと、学校の敷地を全部使って肝試《きもだめ》しをやったの。男女一人ずつのペアで真っ暗な場所を歩いていくんだけど、二年生がお化け役で隠れていて、ハンパなくこわかったぁ！　夜の学校ってスリル満点だよ。こんな風に学校を使えるなんて、ほんと寮生ならではの特権だよね。こわ面白かったよ。でもさ、来年は私たちが二年生でお化け役かと思うと、理沙はあんな真っ暗なところで待っていられないよ。

おじいちゃんの法事は六月二十四日になったんだってね。理沙が制服を着るのは入学式以来になるよ。

この学校は入学式とか節目のきちんとした行事以外は原則として私服だから。みんなけっこうオシャレで大人っぽくてファッションセンスいい子が多くてね、初めの頃ちょっぴりあせっちゃった。でも最近はマイペースで服装も考えられるようになってきた感じ。オシャレはいっぱい楽しみたいけどキリがないからね……週末家に帰るたびに、お母さんから

「ええっ！　また服が欲しいの？　いい加減にしなさ～い!!」って言われているよ。

次の週末に青山でみんなに会えるのを楽しみにしています。お墓参りの日は晴れるように理沙も祈っていますね。

理沙より

二〇〇七年六月十九日

半《はん》夏《げ》生《しょう》

寮生活満喫の理沙ちゃんへ

蒸し暑い日が続くわね、その後お元気ですか？　おじいちゃんの一年祭では久しぶりにみんなのそろった顔を見ることができて、大満足でした。

六人の孫たち総出でお墓周りのお掃除をしてくれてありがとう。理沙のお父さん、昌毅《まさき》さんは蚊取り線香を持参してつけてくださったりして感激。きっとおじいちゃん、お墓の中で大喜びしていたと思っています。

一年なんてほんとに早いわね。去年、おばあちゃんの入院先に孫みんなでおじいちゃんの旅立ちを知らせにきてくれた時のことが数日前のことのように思い出されます。みんな一緒なのが楽しそうでうれしくなっちゃって「あら？　みんなおそろいで今日は何があったの？」なんて理沙に話しかけたわね。

おじいちゃんの最期の覚悟はしていたくせに、あの時はそれにまったく結び付けることができなかった自分が我ながらちょっと滑稽《こっけい》です。

それでも、みんながいる時は、「ああ、そういうことだったのね」と、きわめて悟りきったような応対ができていたと思うの。

だけど、みんなが帰って病室に一人になったとたん、すべての時が止まっているような感覚におそわれてね、気がついたら、いつもお世話をしてくださる田中ナースが黙って手を握って肩を抱いてくれていたのよ。

今さらながら、色々な人に支えられて、おばあちゃんの今日があるのだと感じ入っています。

それにしても、理沙や麻里絵ちゃんの高校の制服姿、まぶしかったわ。二人ともそれぞれに新鮮な空気をいっぱい吸い込んでいる勢いがあって、頼もしいです。

それに引き換えおばあちゃんときたら、さっきね、五階のヘルパーさんにいただいた脳トレのプリントに挑戦したんだけど、「数独《すうどく》」がまるでお手上げ。脳の一部分が確実に壊《こわ》れていることを実感しちゃいました。

当たり前といえば当たり前のことなのだけれど、ここにいると随所《ずいしょ》で様々な老いの現実に直面します（でも永遠に老いないのも恐ろしいわよね）。

毎朝ご飯が終わった頃ね、一階のロビーにあるピアノからたどたどしい唱歌のメロディーが流れてくるの。九十歳くらいの白髪《しらが》のおじいさんが弾いておいでなんだけれど、もと小学校の校長先生ですって。昔はもっと流暢《りゅうちょう》に奏でていらしたはずだわ。

四階にご夫妻でお住まいの太田《おおた》さんはね、佐倉《さくら》に立派なお住まいがあるままにこのホームに入所されていらっしゃるの。ご主人が健康に今ひとつ自信がなくなったことがキッカケだったのだそうだけど、お二人とも生き生きとここでの生活を楽しまれててとてもお元気。

「家事と家の管理から解放されて、規則正しい生活リズムも得られたわよ」って、おっしゃりながら、ここを拠点にちょくちょく旅行を楽しまれておいでなの。フットワークの軽い太田ご夫妻はこのホームではちょっと羨望《せんぼう》の対象。

入所を検討した時にね、由紀子と色々なホームを見てまわったのだけれども、それこそ、朝から晩までサークル活動の時間割ができているホームがあったわよ。手芸や書道・合唱とかは想像できるけど、フラダンスやビリヤード、夜のナイトクラブなんていうのもあって、おばあちゃんはちょっと面くらっちゃったわ。

でもね、最近ではこういうタイプのホームのほうがかえって主流になってきているのよ。

「老い」を「自由で豊かな時間の共有」って位置づけている考え方には、なるほどなって感じました。おばあちゃんはそんな老いがあることを考えもしなかった世間知らずさんだったみたい。

そういう意味では、ずっと専業主婦で家にばかりいたおばあちゃんも「井の中の蛙」でした。

このホームはそんなにアクティブではないけれど、それぞれのペースを温かく見守ってくださるところ。理沙の幅広い見聞の一助となるように（ならないかもね）、これからもこのホームで出会う、色々な方の人生を折々で理沙に紹介していきましょうね。

平成十九年七月二日

肝試しは心臓麻痺《まひ》に直結の妙子より

梅雨明け 朝つゆ

「数独」が苦手な(笑)妙ちゃんへ

ついに期末テストが終わったよ。バンザイ！　どうだったかなんて聞かないでね（汗）。でもね、今回は中間の時より頑張ったかもしれない。付け焼き刃だけど、寮のみんなで徹夜《てつや》で暗記ものをやったりしたんだよ。夜がだんだん明けていく時間に大学のキャンパスの中をお散歩して眠気を払ったりしてね。昼間は暑くなるのに夜明けの時間ってひんやり涼しいんだよね。理沙は爆睡《ばくすい》の女王だから今までこんなことも知らなかったよ。一人じゃないってほんとに便利だね。

中学と違って、テストのあとに一週間のお休みが入って、終業式は明日です。このお休みの期間に先生たちはテストの採点や成績つけをするらしいんだけど、その他に九月から入学してくる生徒の入試もあるんだって。海外の学校はほとんどが六月の終わりに区切りがあって、九月始まりなんだってね。そのタイミングで帰国してくる人も多いから、九月生がいるんだって。転入生じゃなくて新入生がズレて入ってくるとは、なんとも不思議だね。

それで理沙は、このお休みを利用して体育科が企画してくれた奄美大島《あまみおおしま》へのマリンキャンプに参加してきました♪　自由参加の臨海学校って感じかな。すんごい楽しかったよ。じゃじゃじゃじゃ〜ん。理沙のビキニ姿デビューだよん。ちょっと恥ずかしいからまず、イラストで。写真は写りがいいのだけ選んで、夏休みに妙ちゃんに見せに行くね。

マリンキャンプに参加してびっくりしたのはね、集団生活なのに細かい決まりがほとんど無いってこと。大まかな一日の流れが決まっていて、集合や解散に遅れなければ、あとは自由。まあその分自己責任が伴っているってことを自覚してなきゃいけないんだけど、こういうのって大人扱いしてくれている感じでうれしいね。

参加者はほとんど一年生で、クラスが違う友達もたくさんできたよ。男の子ともワイワイ盛り上がってね、なんとちょっぴり特別なボーイフレンドもこのツアーでできたんだよ♪　きゃあ、恥ずかしい!!

日焼けした背中がヒリヒリだけど、明日は一学期の終業式なので、五時起きで家から学校に行って、高校一年の夏休みに突入で～す。

あ、妙ちゃん。夏休みになったら、盆踊りに中学の時の友達と行くんだけど、またユカタの着付けをお願いします。お母さんに着せてもらうより、おばあちゃんに着せてもらうほうがなんかきちんと見えるんだもん。よろしくね。ユカタを持ってホームのお部屋に行きます。

あのね、ホームの様子がわかる妙ちゃんからのお手紙はとても楽しみだよ。色々な環境で育ってきた子が高校の寮に集まったように、ホームにも、色々な人生を送ってきた人たちが同じ屋根の下で暮らしているんだね。理沙たちとは比べものにならない波乱万丈《はらんばんじょう》のそれぞれの人生を背負っているんだろうな。

そういうのって、聞かないと全然わからないままだと思うから、これからも世間知らずの理沙に妙ちゃんの愛のお手紙をお願いしま～す。

二〇〇七年七月十四日
日焼けヒリヒリ理沙より

緑陰《りょくいん》の静寂《しじま》

青春キラキラの理沙ちゃんへ

日焼けあとは落ち着きましたか？　夏休み期間は寮から戻ってゆっくりしているのかしらと思ったら、部活動の練習や合宿、お友達との約束で連日大忙しだとか……。青春真《ま》っ只中《ただなか》ですね。

おばあちゃんも、お盆休みの健一家の旅行に誘ってもらい二泊三日の予定があります。ずっとずっと稲毛の家を守ることがおばあちゃんの役割だったから、泊まりの旅行なんてこの四十年していないので、ドキドキです。ワクワクではなくて、ポンコツ心臓が持つか心配のドキドキです。でも、健がずっと一緒だし、思い切って冒険してきますね。

ところで、この前の理沙ちゃんのお手紙で、「ホームの人々のことを紹介してほしい」と書いてもらえて、とても救われました。理沙ちゃんが学校での人間関係を模索《もさく》していくように、おばあちゃんも、ホームでの人間関係を模索しています。それぞれに背景が違う人生を歩んできたので、もちろん価値観が違うし、健康の度合いも様々で考え方や捉《とら》え方も十人十色《じゅうにんといろ》。そんなことわかっているつもりだったのだけれど、当《あ》たり障《さわ》りのない会話をしたつもりが、尾ひれはひれがついて思わぬ方向に展開したりすることも。数カ月ホームでの生活をして、ちょっとそういうことに疲れ気味だったの。だから、理沙ちゃんからのお手紙で、無理して交流していこうと思わずに、皆さんの人生をもう少し俯瞰《ふかん》してみるのもいいかな……と思えました。気持ちに余裕がないと「渡る世間は鬼ばかり」に見えちゃうけれど、「渡る世間に鬼はなし」と極力穏やかに過ごしていたいものね。地に足を着けてマイペースマイペース。理沙ちゃんはやっぱり、おばあちゃんの応援団長！

八月に入った途端《とたん》、テレビでは戦争関連のドラマが多くなってきました。戦後世代には知ってほしいことだから放映されるのでしょうが、実はおばあちゃんはあまり興味ないの。実体験を持っている者にとっては、作り物はやっぱり作り物。でも、次世代に残していかなければ……と使命を持って活動している同世代の映画監督さんのことなどが紹介されると胸が熱くなります。矛盾《むじゅん》しているわね。

職業軍人だった父（理沙の俊二ひいおじいさんね）が晩年コツコツ自伝を書いて残して

くれたものも、いつか理沙ちゃんにも目を通してほしいです。その時代を一生懸命に生きた人がいて今に繋がっている。その繰り返しだわね。

平和な時代の夏、お互いに謳歌《おうか》しましょうね。浴衣（ユカタはこう書くのよ）の着付けをするのも楽しみです。では。

平成十九年八月三日

妙子

＊寮ではなくて、おうちに送りますね。

Summer Greeting
Dear 妙子さま
全略
元気です!
2007 Summer
From 理沙

空蝉《うつせみ》

どんどん洗練されていく理沙ちゃんへ

新学期が始まりましたね。久々の寮生活の調子はどうかしら？

夏のお祭りの時、理沙に浴衣を着せながら眩《まぶ》しいくらいに美しくなっていく理沙を実感しましたよ。ついお小遣いを奮発しちゃったわね。「キリがないから我慢しなさ〜い！」って言うお母さんには内緒にして、理沙とおばあちゃんの秘密にしておきましょうね。

確かに贅沢はキリがないし、物だけ豊かじゃいけないのはわかりきったことだけれども、今のりっちゃんには、おばあちゃんの若い頃の分までおしゃれを楽しんでほしいわ。おばあちゃんからのお小遣いなんて、ちょっとの足しにしかならないだろうけれどね。キラキラ輝いている孫を想像するとおばあちゃんの心もワクワクしてきますよ。

暑中見舞いのおハガキの「全略」には笑ってしまいました。全部略すほど充実した楽しい夏休みを過ごしている理沙の様子が手に取るようにわかり安心しましたよ。ザブトン一枚進呈！

おばあちゃんの夏は今までとはまるで違う夏でした。サッシの窓ガラス越しに灼熱《しゃくねつ》の空気を傍観《ぼうかん》して、一日中冷房がきいた館内で穏やかに過ごしていました。

稲毛の家では、タオルを首に結んで大汗かいていたのにね。毎日の庭木の水やりに気を揉《も》んで、やぶ蚊に悩まされながら雑草と格闘していた日々が遠い思い出です。あの気《け》だるい暑さはこりごりのはずなのに、何だかちょっぴり懐《なつ》かしいわ。

前回の手紙で、ホームで出会ったお仲間のことに触れたわね。今回は、その中のお一人で五階のお部屋に入っていらした坂木《さかき》さんという男性のことを紹介します。また、戦争の話題になるけれど、どうかご容赦《ようしゃ》ね。くどいかな……と思ったけれど、りっちゃんにも坂木さんのことを是非教えたいなと思いました。

坂木さんは、おばあちゃんより少し年下でいたってご健康。驚いたことに、長崎に立派なご自宅もあるし奥様もご健在なのに、お一人でこのホームにご入居。どうしてかしら？とりっちゃんも思うでしょ。おばあちゃんも理由をうかがうまで疑問でした。坂木さんは終戦を南方前線で迎えて、その後二カ月もの間、森の中を飢えと病気と闘いながらさまよったあと、米軍に投降したご経験をお持ちでした。そして、復員できた時に「隊の仲間全員の生死を確認して、ご家族にお伝えする。森で息絶えたお仲間の亡骸《なきがら》を一人でも多く日本に連れ帰る」とお心に誓ったそう。地道に活動を積み重ねていらしたけれど、まだ途上なんですって。そして、定年退職されて「まだ健康なうちに行動しなければ」という思いをご家族にも理解していただいて、成田空港への便が良いこのホームを拠点にされたんですって。娘さんが千葉市内に嫁がれておいでのことも大きなご決断理由とおっしゃっていらしたわ。

りっちゃんにとっては、戦争映画で漠然と知っているワンシーンのような出来事かもしれないわね。だけど、実際にあの戦争の渦中にいたおばあちゃんたちの世代にとっては、やっぱり避けて通れない厳しい現実そのものです。みんながそれぞれに戦争への思いを抱えながら今を生きているけれど、実際にこういう生き方をされておいでの坂木さんに出会って、圧倒されました。私たちの戦後は終わっていないのだとつくづく感じ入った夏でした。

残暑もまだまだ続く様子です。しっかりご飯を食べて充分睡眠をとってね。充実した二学期が送れますように。

平成十九年九月五日

冷房のおかげで大汗をかかなくなった妙子より

秋分

妙ちゃんへ

　ちょっと前までうるさいくらいにツクツクボウシの声が聞こえたのに、いつの間にか夕方の風が涼しくなって秋の気配です。おばあちゃんは風邪《かぜ》をひいたりしていませんか？私は相変わらず元気です。夏のお祭りの時は浴衣（漢字書けた♪）の着付けをしてもらってお小遣いももらってとても助かりました。どうもありがとうございます。

　夏の「全略」のはがきが馬鹿《ばか》ウケだったようなので（汗）、今回はちゃんとご挨拶《あいさつ》から書いてみました！

　坂木さんのこと、教えてくれてありがとう。太平洋戦争のことは社会の教科書やテレビドラマとかでしか知識がない歴史上のことだけれど、実際にそういうおじいちゃん世代のことを知ると、ちょっと前の世の中であった本当のことなんだって改めて感じます。今は平和な世の中でうれしいです。

理沙のほうも、新しい出会い。新学期が始まって、クラスに九月生が四人加わりました。みんな帰国生で、理沙にとってはその経験を聞くのにまたまた興味津々《きょうみしんしん》です。

九月二十三日の秋分の日と二十四日に文化祭、その週末に体育祭があって、楽しかったけどもうクタクタの日々でした。

文化祭ではみんなものすごく芸達者で、ビックリしました。ダンス部やチアーはすごい迫力でかっこよかったよ。あのね、ダンス部の男子ってね、おばあちゃんがビックリするくらいの今どきの格好でヒップホップっていうのを踊るんだけどね、理沙の前に座ってステージを観《み》ていた人がどうもダンス部男子の一年生のだれかのお父さんとお母さんだったようで、ステージが始まったとたん目が点になって固まっていた様子だったよ。きっと子供のこんな姿を初めて見たんだろうね（笑）。

吹奏楽部（オーケストラ）はいつもながらしっとりの雰囲気。器楽部（ジャズ）はノリノリ。みんな学校の勉強だけじゃなく趣味の世界にもハンパなく力を入れていることが改めてわかった感じで、こういう発表はダンス部男子のお父さんとお母さんみたいに理沙にとってもも刺激的でした。

理沙は女子サッカー部で、練習や試合の合間に準備した「サッカークイズコーナー」を楽しみました。それから文化祭のフィナーレのステージを担当する係としても働きました。二年生が中心になって、一年生は言われたことをこなすのがやっとなんだけどね、後夜祭が終わる時に三年の先輩たちが「こんなステージ作ってくれてありがとう！」って泣きながら言ってくれて、みんなでワンワン泣いちゃいました。来年は、ヘッド（係の責任者のことをこう呼んでいます）としてこの係をやりたいなと今からひそかに思っています。

体育祭は、一年生から三年生までの縦割りクラス対抗で、それぞれがオリジナルTシャツを作って団結して盛り上がりました。三年生は普段みんなすごく大人に見えていたんだけど、綱引きや棒倒しでワイワイキャーキャー言いながらたくさんの人とお話ができて親密になれました。

実は、文化祭と体育祭の代休と都民の日（十月一日）が続けてあって、今度ちょっとした秋休みがあります。その時、マリンキャンプで仲良くなったボーイフレンドが家に遊びに来ることになりました。とりあえず今度家に帰ったら理沙の部屋の大掃除をしなくちゃなりません。頑張ります！

だんだん涼しくなっていくので、妙ちゃん、体を大事にしてくださいね。ではまた、さようなら。

二〇〇七年九月二十八日

理沙より

追伸

今日のお手紙は、「です・ます」を使って、ちょっときちんと書いてみました。いつもより文章が行き詰まりますので、次回からはまた軽くなると思います。どうぞお許しくださいませ（こんな文初めて使った）。

彼岸花

りっちゃんへ

いつの間にか、秋たけなわですね。この間の日曜日、朝の六時に「ど〜ん！」と花火の音がしてビックリしました。何事かと思ったら幕張の町内運動会の決行を知らせる花火。どこからか聞こえてくる楽しげなアナウンスや音楽が、秋空に吸い込まれていく日曜日でした。

「暑さ寒さも彼岸《ひがん》まで」の言葉どおり、お彼岸が終わったら日差しが優しくなってきたわね。今日は、そんなお日和《ひより》に誘われてヘルパーさんに付き添っていただいてお散歩に出かけてみました（おばあちゃん、気持ちはシャンとしているつもりなのに、情けないことにこの頃平衡《へいこう》感覚がおぼつかなくってね、足取りが怪しくなってきて一人で外に出る自信がなくなってきちゃいました）。

彼岸花がそこかしこの路地の片隅に自生していたし、花見川《はなみがわ》沿いのサイクリングロードにはコスモスがきれいに揺れていましたよ。久しぶりに外の空気に触れて、しみじみと秋を感じてくることができたお散歩でした。理沙の寮の周りの秋模様も素敵でしょうね。

文化祭や体育祭の様子を綴ってくれたお手紙、楽しく読ませてもらいましたよ。忙しい日々に体は疲れて大変だろうけど、充実した生活の積み重ねで理沙が一歩一歩前進しているのが傍《はた》からもよくわかるので、おばあちゃんはうれしいです。

文化祭の様子を想像すると、随分芸達者な人たちが多い学校のようね。たくさん学ぶことが周囲にあるのだろうけど、くれぐれも焦ったりしないようにね。理沙は理沙のペースをじっくりと守って、その場の空気に流されずに一拍おいて物事を考えること。理沙の好きなこと、理沙のやりたいことがおのずとちゃんと見つかっていくはず。失敗することもあるだろうけど、その時は一歩後退。落ち着いて考えて原因がわかるとやり直しが利きますよ。そしてその経験が理沙をより深い人間にしてくれます。

この頃ね、新聞を読んでもテレビを観てもちょっとの失敗や挫折《ざせつ》が引き金の大きな事件ばかりが取り上げられていて、ため息が出てしまいます。成功ばかりの人生なんてきっとないのにね。色々な困難を乗り越えていくことこそが人を豊かにしてくれると思うんだけどね。おばあちゃんは、理沙には良い経験も悪い経験も自分の栄養にしていってほしいと思っています。

せっかちで失敗ばかりのおばあちゃんが偉そうにこんなこと……年寄りの厚顔《こうがん》さ故だと思って許してくださいね。これがホントの「老婆心《ろうばしん》」だわね！

ところで、ボーイフレンドが遊びに来てくれたとのこと。数日前に理沙のお母さんから聞きました。

「理沙がかつてない真剣さで部屋の片付けをしてくれたわ！」とお母さんが喜んでいましたよ。「この調子で部屋が片付くのなら定期的に遊びに来てもらおうかしら」って。

お母さんの言葉によると、「茶髪にピアスで見かけは軟らか系だけど、礼儀正しい良い子」のようですね。

そうそう、おばあちゃんにもこのホームでボーイフレンド（？）ができました。前に戦争のことで紹介した坂木さんよ。

この間、本をお貸しするためにおばあちゃんのお部屋にお招きしたのだけれど、坂木さんが「女性のお部屋に一人で入ってよろしいのでしょうか」って恐縮されてね、こんなおばあちゃんを女性として扱ってくださった坂木さんのポイントが急上昇ですよ。

おばあちゃんたちは古い人間だから、今の若者のお付き合いがどんなものなのかあまりよく知らないけれど、ボーイフレンドとのお付き合いも、流されずに節度を持ってね。ボーイフレンドとのお付き合いばかりに時間が偏って、今しかできないことや今やるべきことがおろそかにならないようにね。これもまた「老婆心」だわね！　まずは、理沙のことを大事に思って接してくれる彼ならいいなと思っています。
日ごとに秋が深くなっていきますね。体調崩さないようにね。

妙子より

平成十九年十月十二日

流れ星

妙ちゃんへ

中間テスト終わったぁ！　今回こそは猛勉強しようと思ったんだけど、やっぱり理沙には無理でした。晴れた日には友達と外の渡り廊下でおしゃべり。ポカポカお日さまと秋の空の誘惑には負けてしまう。「空に吸はれし十五の心」ってことで!!（汗）

昼間はほんと心地《ここち》よいけど、朝と夜はめちゃめちゃ寒くなってきたね。夕方部活が終わるともう真っ暗だし、朝は寒くてなかなかお布団《ふとん》から出られないし……。それに妙ちゃん聞いてよぉ。寮の洗面所の蛇口《じゃぐち》はお水しか出ないんだよ。だんだん顔を洗うのも苦痛になってきたよ（泣）。真冬がこわい！

あ、でもね、寒くなってきて素敵なこともあるんだよ。暑い頃はなんだかぼやけていた夜の空がクリアになってきて、この頃星がきれい。この間なんか、テスト前日で殺気立った一夜漬けのさなか、気分転換にみんなで星の観察会。寮のベランダから流れ星を待ちました。理沙は三つも見たんだよ。速すぎてお願いごとできなかったけど、すごくきれいで幸せな気分でした。

妙ちゃん、ハロウィンって知ってる？　十月の終わりの海外のお祭りなんだけどね、オレンジ色のカボチャやお化けやクモの飾りとか見たことあるでしょ。仮装した子供たちが近所の家々を夜に巡ってお菓子をもらって楽しんでるやつ。

うちの学校、アメリカからの帰国の子がとっても多いから、そのノリでハロウィンの日はみんな仮装を楽しむの。

理沙は寮の友達にアドバイスしてもらってね、ディスカウントストアで見つけたピカチュウの着ぐるみを着たの。それでもかなり勇気出して登校したんだけど、学校に行ったらもうビックリ仰天《ぎょうてん》！　ピカチュウなんて序の口でね、フランケンシュタインが元気に廊下を歩いているし、ヒラリー・クリントンとオバマの被《かぶ》り物をつけたカップルがスクールバスから降りてくるし……。それでもっとビックリしたのはね、みんなそんな突飛《とっぴ》な格好をしたまま授業はいつものように真剣に受けているの。先生たちも、仮装ノリノリの人もいつもどおりの人もいるんだけど、授業は授業って感じ。今さらながら、うわべだけで人を判断できない奥深さを実感したよ。

あ、理沙のオバカ笑い話を教えてあげる。この前テスト終わってね、寮の先輩がデートで「新宿ギョエン」に行ったんだって。それで、その時の写真をみんなで見せてもらってた時に理沙が「水族館なのになんでお外の写真ばかりなの？」って質問をしたらそこにいたみんなが固まっちゃったの。「ギョエン」って言うから理沙は「ギョエン→魚園→水族館」って考えて「水族館のことを都会の若者はかっこよくギョエンって呼ぶのか……」って勝手に解釈してていたの。馬鹿ウケでした。今度は理沙もギョエンにデートで行ってやるぞ！

そうだ。先週家に帰った時、久しぶりにお母さんと稲毛のほうに買い物に行ったの。その時おじいちゃんとおばあちゃんのウチのところがどうなっているか見に行ったらね、まっさらさらの平らな土だけの場所になっててちょっとビックリしたよ。だってね、ほんとになんにもないんだよ。

当たり前に建っていたあのおじいちゃんとおばあちゃんの家がないの。塀沿《へいぞ》いに何本も植わっていた椿《つばき》の木も、健おじちゃんが木登りして枝を折って怒られたって言ってた大きな柿の木もないいんだよ。春休みにガマガエルが産んだ卵をトコロテンって言いながらすく

って麻里絵とおままごとしたあのお池はどうやってこわしたんだろう。枯れたお花や雑草や生ゴミを捨てるのにおじいちゃんが一生懸命に掘った隅っこの大きな穴も、どこにあったかわからないほどただ一色だけの土で平坦《へいたん》にならされていたよ。ちょっと寂しかったな。ココまで書いて、おばあちゃんは理沙よりもっと寂しいんだろうって気がつきました。ごめんね、おばあちゃん！

でもね、掘りごたつのお部屋にヒイおじいちゃんも一緒にみんなで集まってワイワイ楽しんだことも、夏のお庭で蚊取り線香を焚《た》きながらいとこたちで線香花火競争したことも、元気だったおじいちゃんのお尻見ながら庭の草取り手伝ったこともゼッタイゼッタイ理沙は忘れないんだよ！

啓太と実と健太朗は、

「大人になってだれかお金持ちになったら、あの土地買ってみんなで家を建てよう」って、話していたよ。だれがお金持ちになるかは不明！

二〇〇七年十一月九日

今夜もこれから星を観る会の理沙より

草紅葉《くさもみじ》

理沙ちゃんへ

さすがに寒くなってきましたね。テレビのお天気コーナーで「この秋一番の寒さです」という台詞《せりふ》がたびたび聞かれるようになりました。風邪ひいていませんか？

ハロウィンのお話も「ギョエン」のお話もおばあちゃんには大ウケでした。ザブトン十枚ですよ。

それから、理沙の寮の洗面所がお水しか出ないことを知って、何だか申し訳なくなりました。だって、ホームのおばあちゃんのお部屋の蛇口はお湯も出るんだもの。

お水しか出ないのが当たり前に過ごしてきたおばあちゃんと生まれた時からお湯が出る蛇口のおうちで育ってきた理沙。形勢逆転で対照的だわね。でも今の時代、お水の冷たさを感じながら顔を洗う経験は貴重だと思うわよ。フレーフレーりっちゃん！

おばあちゃんは、風邪はひいていませんが、この頃狭心症が出てニトロを飲む回数が増えてきてしまいました。お風呂に入ったりするだけでもちょっと息苦しくなったりしています。ほんとポンコツの心臓だわね。でもここにいるといつでも優しい対応をしてくださるスタッフに囲まれていて、とても心強いわよ。「狭心」だけど「強心」です。

スタッフといえば、最近、常勤のスタッフの他にたくさんのボランティアスタッフさんがいることに気づかされました。

秋になって近所の中学生が「職場体験」という学習で数日間働いてくれていました。二校か三校の生徒さんが違う日程で入っていたわ。みんな、素直でかわいらしいボランティアさんでした。理沙も中学生の頃こんな学習をしたのかしら？

理沙は「傾聴《けいちょう》ボランティア」って聞いたことありますか？　おばあちゃんは昨日初めて知りました。見ず知らずのご婦人がボランティアでホームに住む一人ひとりの話し相手になってくださったの。「どんなものなのかしら？」とおばあちゃんは興味本位の流れで参加させてもらいました。でも、参加してよかったです。おばあちゃんも知らず知らずに色々なウップンを溜《た》め込《こ》んでいたようで、随分愚痴《ぐち》を聞いていただいたのよ。なるほど聞いていただくと何だかスッキリ。この場だけの関係の方だから聞き流してくださるってところが安心でミソなのね。その時ボランティアさんに教えていただいたのだけれどね、悲しいことやつらいことがあったら、やせ我慢したり目をそらしたりしないでドップリと向き合うほうが心には良いそうよ。

この前のお手紙で理沙がおばあちゃんの寂しさを憂慮してくれたわね。ありがとう。理沙が手紙に書いて教えてくれた稲毛の土地のこと、実は夏の終わりに賢おじちゃんから、ちょっと聞いていたのよ。更地《さらち》にしたあと四軒分に間仕切《まじき》って売り出される予定ですってね。その時に「見に行ってみる?」って、誘われたのだけれども断っちゃったわ。おばあちゃんは様変わりしたあの土地を見に行く勇気がないの。というより、家を離れる大晦日《おおみそか》にみんなであの掘りごたつのお部屋で忘年会をして過ごして、あの時にきっぱりお別れしてきたからそのあとのことはもういいの。将来、万が一に孫みんなで住んでいる頃はきっと天国で笑っていますよ。

それよりも理沙が書き綴ってくれたような懐かしい思い出。今から思い出すままにたくさんたくさん書いてみるから、りっちゃん、妙ちゃんの思いに付き合ってね。

敗戦後、軍人さんから公職追放で無職になった南部のおじいちゃんが農地として国から借りてバラック（掘っ建て小屋のこと）に住み始めた場所。

貧しいけれど戦いのない平和な生活の出発点。田んぼに囲まれた高台《たかだい》の荒れ地だったところを開墾《かいこん》したらしい。

おばあちゃんがお嫁に来た頃は、田んぼの向こう側の高台にまだいくつも防空壕《ぼうくうごう》の洞穴《どうけつ》がそのまま残っていたわ。

田んぼには白鷺《しらさぎ》が飛来。夏のはじめはホタルも飛んでいた。

浩太郎の末弟の泰志郎《たいしろう》さんはまだ高校生だったし、浩太郎の姉の子供の清子《きよこ》ちゃんは江津《ごうつ》（島根県）から上京して女子医大に入るための受験勉強の日々。のちにおばあちゃんの妹の明《あき》ちゃんも高校生になる時に百石《ももいし》（青森県）から上京して住まわせてもらったの。ちょっとした下宿屋さん。

園芸の知識の深かった南部のおじいちゃんのおかげで、少しずつ植物が育ち、季節が変わるごとに様々なお花が咲き乱れるようになった。薔薇《ばら》や花菖蒲《はなしょうぶ》、椿はとくに見事で遠くからも同好の方々がお庭を観にいらしたわ。

賢が生まれた昭和三十一年頃ね、おばあちゃんは赤ちゃんだった賢をおんぶしながら、空を飛ぶＵＦＯを見たのよ。信じられないかもしれないけれど、おばあちゃんのすぐそばまで来た円盤が一瞬で空高く遠のいていって消えちゃった。その頃世界中でUFOの目撃情報があったものよ。あっという間の出来事だったけれど、あとから「連れ去られなくてよかった」って震えていたわ。

そのあと、活発な健が年子で生まれててんやわんや！　浩太郎が二人の息子のためにお砂場を作ってくれたわ。その時、南部のおじいちゃんがコリー犬を飼っていてね、立派な柵《さく》で仕切った犬小屋もいっしょに作ってくれたわ。そうそう、こいのぼりを揚げる立派な柱も立ててくれたわ。

理沙のお母さんが生まれた頃、二人のお兄ちゃんはやんちゃ盛り。踏んだり蹴《け》ったりされたら危ないので、生まれたばかりの由紀子は籠《かご》に入れられて箪笥《たんす》の上。

浩太郎が一生懸命に働いてくれたおかげで大工さんに立派な二階建ての家を建ててもらったのが昭和三十六年。すぐ横の荒れ地も造成され始めて、大きな団地の工事も始まって、いつも地響きがしていた。五階建てのマンモス団地はこの頃、日本中の色々な所で建設されたの（時代は変わり、今は老朽化《ろうきゆうか》や独居老人問題でとりざたされているわね）。

子供たちが小学生だった頃、百石に老夫婦二人で住んでいた私の両親を呼び寄せるために二部屋増築。嫁の両親との同居に当たっては、南部のおじいちゃんやおばあちゃん、姉弟みんなが温かい理解を示してくださって感謝の一語。一つ屋根の下に祖父母世代が二組住んでいる我が家の状況はかなりマレだったかもしれない。敗戦軍人としての忍苦の隠居人生に加え、それぞれ気を遣いながらの日々を積み重ねてくれた両親たち。忍耐や我慢を穏やかな笑みの中にしまいこんで生活してくれた老人たちを私は忘れまい。

毎日がめまぐるしい日々ではあったけれど、成長期の子供たちにとっては、それぞれの温かい眼差《まなざ》しに囲まれた生活はかけがえのないものだったと信じたい。

子供の成長とともに手狭になってきて、さらに玄関側に二部屋増築（理沙たちがよく集まるあの掘りごたつのお部屋ね）。あそこに南部の裏吉《じょうきち》おじいちゃんとシナおばあちゃんに移ってもらって、私たち夫婦は二階から一階に。由紀子はそのすぐ横の四畳半。二階の二つのお部屋はそれぞれ賢と健の部屋。子供たちは一部屋ずつ割り当ててもらって誇らしげだったわ。中学生になった賢と健を毎朝起こすのが一苦労。階段の下から何度も「マサル、タケシ、いい加減にしなさ～い!!」と怒鳴る私の声で南部のおじいちゃんとおばあちゃんが起こされてしまっていて申し訳なかったわ。

あの頃はお正月の二日が南部の大宴会の日でね、八人姉弟それぞれに家族がいるから、二十～三十人の宴会。親たちは、昔の四方山話《よもやまばなし》にわっはわっはと泣き笑い。子供たちは、いとこ同士で隣の団地の芝生に塀を乗り越えていって遊んでいたもの。南部の裏吉おじいちゃんにとって、自分の分身たちが集まるこの日が至福の日だったよう。「日本は戦争に負けたけれど、わしは責任持って次世代を育てて南部の魂を引き継ぐ」って日記に記していらしたわ。シナおばあちゃんは、おじいちゃんの横でお人形を抱っこしながらただただ笑っていらした。誰が娘なのか息子なのか、すでに判別できないでいたけれど、おじいちゃんの横の定位置は唯一の安住の場だったはず。

南部のシナおばあちゃんがだんだん徘徊《はいかい》を繰り返すようになってきたのは、由紀子が小学校高学年になった頃だったかな。家族総出でよく捜索したもの。すぐ気づいてご近所で発見できるうちはまだよかったのだけれど、いつの間にかいなくなっていた時は、賢や健は自転車で遠方まで探してくれたわ。警察で保護してくださっていたことも度々。「兵隊さんが殺しに来る！」って鬼のような形相《ぎょうそう》で裸足で歩いていくシナおばあちゃん……。戦争中に想像を絶する恐怖の日々を重ねていらしたせいで精神が壊れてしまったのでしょうね。裏吉おじいちゃんは、よく「わしより先に逝《い》かせてやらなけりゃあなぁ」とおっしゃっていたのだけれどね、お迎えの順番は逆だったわ。

夫である浩太郎が亡くなってからの日々は、今の私の住環境で懐かしむには、ちょっと時間が必要なので一息つきます（このホームにも、寝たきりの方々専用のフロアがあるのよ）。

前に、浩太郎さんが亡くなった時も、私の悲しみに理沙が寄り添ってくれたわね。傾聴ボランティアさん、しかり。気持ちに寄り添ってくれる人がいるって、本当にとても有り難いことなのね。ありがとう、理沙。

お手紙が随分分厚くなってしまうので、おばあちゃんも今回の手紙は尻切れとんぼのままに投函します。

妙子より

平成十九年十一月二十三日

星冴ゆる夜

傾聴ボランティアの理沙へ

十二月に入り、さすがに寒くなりました。理沙には申し訳ないけれど、ホームは程よい暖房で朝を迎えます。稲毛の古い家で迎えていた寒い朝がたった一年前のことだったのが何だか不思議。

理沙はまたまたテストシーズンですね、体調大丈夫？　流感にはくれぐれも注意してね。仲良く集団生活をしていると風邪をうつし合ってしまうこともあるのでしょうね。

この間、稲毛での思い出をたくさん書いたお手紙を送った後、おばあちゃんは夢で懐かしい人々に会うことができました。みんな穏やかなお顔で笑っていらしたのよ。きっと理沙の傾聴ボランティアのおかげさまね。南部のシナおばあちゃんも、ちゃんと裏吉おじいちゃんの横に寄り添って微笑《ほほえ》んでいらしたわ。

浩太郎さんが亡くなってからの日々のこと、今さら理沙に語ってみたところで……という思いもあるのだけれど、理沙のこれからの人生の予備知識に加えてもらおうと思い直し、そして、おばあちゃん自身のこのホームでの老いを見つめ直すためにもやっぱり綴ってみます。

南部の襄吉おじいちゃんが体調を崩して入院生活をされた時、浩太郎さんの八人姉弟《きょうだい》は、それはもうすごいチームワークで看病していたのよ。おじさんたちは働き盛り、おばさんたちは育児に忙しいさなかだったのにもかかわらず、毎日シフトを組んでそれぞれの家々から千葉まで通い、病院に泊まり込み。南部姉弟のあの団結力は、戦後の苦渋《くじゅう》の日々をみんなで耐え抜いた底力だったのだとつくづくと思いました。それから家長としての襄吉おじいちゃんの威厳に改めて感服。襄吉おじいちゃんは子供たちの交代看護ののち、亡くなりました。

シナおばあちゃんはね、お葬式に出ても、お骨《こつ》を青山に納めても、おじいちゃんの亡くなった事実を理解されていなかった。おじいちゃんの亡くなったあとは、私たち夫婦の寝室の続き間の由紀子の部屋をシナおばあちゃんのお部屋にして、由紀子は玄関側の四畳半へ。シナおばあちゃん、夕方になるたびに「もう帰ってくるかしらねえ、おそいねえ」とお人形を抱っこしながらガラス窓の外を見つめていらしたわ。裏吉おじいちゃんを捜しに出てしまうか憂慮したのだけれど、足腰もだんだん衰《おとろ》えていらして外への徘徊の心配は幸いあまりしなくてよくなってきたの。裏吉おじいちゃんの生前は、日課のようにおじいちゃんがゆったりとお散歩に連れ出してくださっていたのだけれど、そんな機会もだんだんなくなっていってしまったわ。その頃由紀子たち孫世代は中高生でそれぞれ学校のことでめいっぱい。私も雑事に忙しくってなかなかゆったりと時間をとることができずにいて申し訳なかったわ。シナおばあちゃん自身も、気力が萎《な》えているようなそんな日々だった。

一番きつかったのはシナおばあちゃんの排泄のお世話でね、家の中を歩きながら、そこかしこで粗相《そそう》をしてしまって閉口したものだわ。シナおばあちゃんの時代の下着はね、男の人は「ふんどし」で女の人は「おこし」。今の下着のようにはくものではなくて、白い布をただ腰にくるりと巻くだけのもの。だから必然的に排泄物は床に落下。粗相をしてしまった自覚もないから、怒るに怒れないし、怒ったからって気をつけてくださるものではなし（お年寄りのお世話は、育っていく赤ちゃんの世話とここが明らかに違う点ね）。憤《いきどお》りのはけ口もなく、私自身も随分心が乱れたもの。

何度かオムツをあてさせてもらおうと試みたのだけれどね、虚《うつ》ろな表情をしていらした

シナおばあちゃんに、

「ごめんね、オムツをつけさせてね」

と言いながら着物の裾《すそ》をめくったら、私の手をシナおばあちゃんがピシャリと叩《たた》いて、

「何を失礼なことをなさいます！」

と、こちらがビックリするような険しい目で断られたのよ。物事を認知することがままならなくなってしまっても、明治女の誇りと貞操観《ていそうかん》は魂の中に染《し》み付いていらしたのね。圧倒された瞬間だったわ。

数年そんな日々を重ねてきたものの、やはりシナおばあちゃんの体力も目に見えて衰えていらして、晩年はほとんどお布団の中。下《しも》のお世話も、相変わらずオムツはできなかったものの場所が決まっている分、始末も随分楽になったわ。この頃は、お布団の中で日々妄想《もうそう》と戦っていらした。中空を見つめながらね、大きなお声で「兵隊さんがぁ、怒ったからぁ、こわいぃ……」と延々と脈絡のないお話を空に向かって叫んでいらしたのよ。聞いていて切なかった。

理沙、でもそんな日々の中、シナおばあちゃんが亡くなる二日前にね、奇跡があったのよ。いつもの日常の中でふと視線に気づいてみると、数十年来見たことのない真顔で私を

見つめてくださっていてね。

「お世話になってありがとうね」と呟いてくださったのよ。

私はこの言葉を聞いて、何年もささくれ立っていた気持ちが、一瞬で救われた気がしたものよ。

他には誰も証人がいない事実。以前にUFOを観たことも、シナおばあちゃんの最期の言葉も、他の人には信じ難いことだろうと思うけれど、私には真実なのよ。シナおばあちゃんのあの一瞬に関しては、「神様はちゃんと人間の尊厳を守ってくださるのだ」と改めて感じたものでした。

シナおばあちゃんの晩年の頃といえば、由紀子が大学生で、健が高校の教員になった頃。賢は一時期家を出ていたかな。由紀子の部活仲間や健の教え子たちがよくあの掘りごたつのお部屋にワイワイ集結していたわ。

昔むかし、南部のおじいちゃんが、

「客が来ない家なんて家として機能していないんだぞ!」

とおっしゃっていらしたの。若い頃の私は嫁としてため息ついていた時期もあったのだけれど、年月に鍛《きた》えられて、いつの間にか人が集まってくださることが喜びになっていたわ。特別なおもてなしができるわけではなくても、人が集い合うって、とても温かくて何よりの財産。
あの掘りごたつのお部屋はその後、生まれたての孫（理沙が第一号よ）とそのお母さんの静養場所になっていきましたとさ……。そして、孫の成長とともに、ことあるごとに大宴会!!（もう、アルバムにある写真で想像できるわね）
理沙が知らない稲毛のお家の物語、いかがでしたか？
期末テストが終わると、もうすぐ冬休みだわね。理沙の学校はクリスマス行事が素敵なのかしら？　お正月に元気な理沙から直接聞くのを楽しみにしていますね。

平成十九年十二月六日

押しつけがましい独り言
理沙が閉口していないかちょっと心配な妙子より（長い）

冬《ふゆ》木《こ》立《だち》とクリスマスツリー

思いやりいっぱいの妙ちゃんへ

冷たすぎる水道の水で顔を洗いながら、期末テストをどうにか切り抜けたよ。テスト前とテスト期間中に届いたお手紙、テストがやっと終わったから、もう一度じっくりと読んだよ。何度も読んだよ。稲毛でのおばあちゃんの歴史だね。なんか小説読んでいる気持ちになったよ。

妙ちゃん、すごすぎる。南部のおじいちゃんとおばあちゃんをお嫁さんとして見送って、自分の両親も見送って（俊二さんなんて百四歳まで！）。そのあとも、心臓が悪いのに浩太郎じいじのお世話をやりきって。

理沙には、戦争の時代からの苦労のこととか本当にはよくわかってないと思う。でも、妙ちゃんは、理沙が今までに出会った人の中で一番思いやりがいっぱいの人だってことは確かです。学校でイエス・キリストの勉強もするけど、なんかピンとこなくてね、そんなとき理沙はいつも妙ちゃんのことを想像しているよ。理沙にとって妙ちゃんはマリアさまのイメージだよ。ホメすぎ⁉

「傾聴」って言葉で考えたけどね、理沙の学校には色々な国で生まれて育ってきた人がたくさんでしょ。だから、考え方とか価値観（っていうと大げさだけど）が理沙と違って、へえ？　って思う場面が結構あるの。そんな時に、「変なの！」って思わないで「そうなんだぁ」って思えるようになってきたのは、この学校にいるおかげだと思ったよ。ちょっと理沙が大人になったってことかな。妙ちゃんの傾聴ボランティアやってるおかげかな。へへへ。

そうそう、話変わるけど、この前、駅前で初めて宝くじを一枚買ったよ。年末ジャンボっていうやつ。万が一当たったら、稲毛の土地を買って妙ちゃん記念館を建てるね～。テスト勉強、徹夜続きだったから、ちょっと睡魔が襲ってきました。ポストに行ったら今日はいっぱい寝まーす。

そういえば、大学の入り口の桜並木は見事に葉っぱが落ちています。反対にキャンパスの中にあるたくさんの建物の入り口にキラキラ光るクリスマスツリーが飾ってあってきれいです。クリスマスのキャンドルサービスが終わったら冬休み。いとこたちみんなに会えるのが楽しみ。妙ちゃんもお元気でね。

理沙より

二〇〇七年十二月十一日

Merry Christmas
妙 ちゃん　メリークリスマス!

あけまして
おめでとうございます
このホームで始めての新年を迎えました
過ぎ来し八十年をかえりみ
彼の岸で再会すべき者達の何と多くなった事かと
いささか呆然たる思いでおります
安全地帯に居ることに感謝しつつ、日々過しております
御健勝をお祈り申し上げます
平成二十年 元旦
南部妙子

楪《ゆずりは》

三学期が始まった理沙へ

去年の今頃の理沙は高校受験の試験勉強の真っ最中だったのね。そしておばあちゃんは稲毛の家を手放して一年。年月はあっという間ね。……と言いたいけれど、おばあちゃんのこの一年に関しては、一日一日がスローモーションのような感じです。でも、こうやって新たな年がまた始まったわ。

お正月のお墓参り、ちょっと体調崩してしまって、やっと四日の日に健おじちゃん家族に連れて行ってもらってお参りしてきました。お墓に行ったらビックリ！　浩太郎さんの大好物だったミルクキャラメルが墓石の上にチョコンと一粒載っているではありませんか。一緒にお墓参りに行った健太朗と実は「ジイジがおばあちゃんにプレゼント？」と、言い合っていておばあちゃんうれしくなっちゃいました。きっとあれは理沙ね。おじいちゃんが生きていた頃、理沙が稲毛に遊びに来るたびにおじいちゃんは理沙にあのキャラメルをあげていたものね。お墓に手を合わせながら「代わりに私がいただきます」って、おじいちゃんの了承を得ておばあちゃんが食べさせてもらいましたよ。ご馳走さま、天国のおじいちゃんも味わったはずよ。ありがとうね。

年末のお手紙で、理沙の学校の桜並木が丸裸……って書いてありましたね。ほんと、今が一番寒い木枯らしの季節だものね。でも、きっとこれから一日一日、固い蕾《つぼみ》の中に力を蓄えながら春に花を咲かせる準備をするのでしょうね。そうそう、満開の桜並木に理沙が案内をしてくれる約束をしていたわね。それを楽しみにおばあちゃんはもう少し体力をつけておかなくちゃね。

桜並木のことを書いていたら、稲毛のお庭の思い出が甦《よみがえ》りました。ごめんなさいね、傾聴ボランティアさん、今回も長いお手紙になりそう。でも、おばあちゃんの頭がボケる前にここに書き留めておくことで、事実「根こそぎ」消えてしまったあのお庭の草花たちが喜んでくれそうな気がするの。

団地沿いのポプラの木。大きく高く成長して、台風で折れないかドキドキしたこともあったけれど、風に揺れる枝葉が爽《さわ》やかだった。

ぐるりと塀沿いに植え込んだ椿。チャドクガ退治は大変だった（もっぱら浩太郎さん担当）。でも春先に咲いた何種類もの美しいお花、忘れない。

紅梅《こうばい》、白梅《はくばい》、蠟梅《ろうばい》。いい香りだったわ。暖かいお日和とウグイスのさえずりも自然に甦る。

二階の屋根で後ろ歩きをしていたワンパク健が、玄関先のヤツデの樹の中にスポッと落ちて、ヤツデの枝葉に抱え込まれるように納まって怪我《けが》一つしなかったっけ。

反対に賢は、転んだ裏吉おじいちゃんを起こそうとして自分が転び、竹の切り口に太腿《ふともも》をさして大怪我。痛がる賢の看病はとても苦い思い出。

由紀子は由紀子で、五歳頃だったかしら。庭での泥んこおままごとで足を滑らした弾みに顎《あご》をドラム缶の角にさしてこれまた大怪我。「女の子の顔に傷がついた！」と裏吉おじいちゃんに怒鳴られたっけ。

お台所の裏手にあったキンモクセイ、秋のひと時の芳香が待ち遠しかった。

北側の隅っこにひと知れず、でもしっかりと根付いたミョウガや山椒《さんしょう》は随分食卓でお世話になり重宝したもの。

都忘れ《みやこわすれ》の紫の小花、理沙が生まれた頃の庭の片すみで遠慮がちに咲いていたっけ。

春になると現れた亀やガマガエルは、造成でどうしちゃったのかしら？　可哀想《かわいそう》なことになってしまったわね。願わくば、動物の本能を発揮してどこかに大移動して生き延びていたらいいわね。

ああ、心から懐かしいわ。そんな地を手放すことになったけれど、この地に未練を残すまい。浩太郎と襄吉おじいちゃんには天国で再会した時に、ただただ頭《こうべ》を垂《た》れて言い訳せずに謝ろうと思うわ。

昔、熊本の女学校時代に漢文の授業で習った一文。

恒産なくして恒心なし
恒産あれば恒心あり

出典や前後の文もすっかり忘れているけれど。この時、確か先生は「恒産」の例として志・学業と並べて土地や家を挙げていらしたと思うの。なるほど、ある時期の私には当てはまる格言だったよう。でもね、ここへきて、おばあちゃんの心境は、

恒産なけれど恒心あり

こんな心境になれたのは、学も物もなくても、日々の積み重ねそのものがおばあちゃん自身の財産だということかしら？　それとも老年の諦観《ていかん》なのかしらね？

稲毛の土地と家はなくても、思い出はみんなでしっかり共有しています。「寂しい」ではなく、「懐かしい」「愛《いと》おしい」気持ちよ。

理沙は椪という木を知っていますか？　桜のような落葉樹もあるけれど、椪のような木もあることを知ってほしいです。これを今回の理沙への宿題にしましょう。

風邪ひかないようにね。

平成二十年一月十日

妙子

追伸

年末ジャンボは当たりましたか？

冬晴れの空

妙ちゃんへ

四日の日に携帯に留守電を入れてくれたのにお返事しそびれてごめんなさい。その日からスキー教室に行っていて、電話しそびれちゃった。妙ちゃん、体調もうだいじょうぶ？ 妙ちゃんの予想どおりお墓にキャラメルを置いたのは私でーす。大正解！ 三日の日に一人でおじいちゃんにご挨拶して、おじいちゃんがいつもくれていたキャラメルを置いてきたよ。まさか妙ちゃんが食べたとは予想外（笑）。みんなが不思議がっていたと思うとユカイです。それに、カラスに食べられないで妙ちゃんの口に入ってよかった！

さてさて、新学期が始まりました。毎日本当に楽しいです。古典の授業が古文から漢文に変わって、気持ち新たに漢文こそは頑張ろうと思っています（汗）。あと、二年生からの選択科目を色々決めなくちゃならないの。その中で、第二外国語をドイツ語・フランス語・スペイン語・中国語のどれにしようか悩み中。浩太郎ジイジは中国語が得意だったんだよね（あーあ、生きていてくれたら中国語選んで教えてもらえたのになぁ）。

あのね、理沙の学校、帰国子女だらけだから、「国連で働きたい」とか「外交官になりたい」とか夢がすごい人が多いの。ハンパない語学力の友達だらけの中で、理沙はちょっと気後《おく》れしちゃって、そんな大それた夢持てなくなっちゃったよ。あ、でもフロリダのディズニー・ワールドで働けたらいいなとちょっと思っています。

この前の宿題、「ゆずりは」だっけ。漢字忘れた……。辞書で調べて、なるほど～って思ったよ。妙ちゃんは本当に色々なことを知っているね。キャンパスにはたくさんの木があって、ちゃんと見てみると、冬でも葉っぱがついたままの木もけっこうあるよ。今日はカラッと晴れた青空で気持ちいいよ。今度生物の先生にゆずりはがあるか聞いてみるね。

理沙より

二〇〇八年一月二十七日

追伸
年末ジャンボ、はずれました（ショボン）。また、来年をお楽しみに～。

水仙の香り

理沙へ

今日、ホームの食堂のテーブルに水仙が飾られて春の香りがしていました。ホームのお庭に咲いていたものだそうです。厳しい寒さの中だけれど、日差しが少しずつ伸びているし、梅の蕾も色づいてきたわね。理沙の学校の大学のキャンパスもきっと冬萌《ふゆも》えの時期ですね。

第二外国語は何に決めたのかしら？「お友達と比べて気後れ云々《うんぬん》……」なんて書いていたけれど、理沙の素晴らしい才能を「人との比較」なんてナンセンスよ。お友達の刺激をたくさん受けて、理沙は理沙らしく、これからも伸びやかに成長してくださいね。

外国語と言えばね、理沙とは逆に「日本語」の習得に悪戦苦闘しているインドネシアからの若いヘルパーさんがホームに三人やってきました。二十歳くらいのお嬢さんたちで、三年間のうちに日本の介護分野の国家試験に合格することを目標にしているんですって。三人とも瞳がキラキラ輝いていて、印象的だったわ。でも、客観的に考えたら、介護分野（おばあちゃんたち年寄り相手の仕事）の日本人の人手不足対策かしら……。そう思うと、ちょっと複雑です。

話がまったく変わりますが、老婆心とはわかっているけれど一言理沙に注文をつけさせてもらいます。

この間会った時の理沙のスカート、あまりに短いと思いました。心配するおばあちゃんが変だよ！　と思われるかしら？　理沙の周りではそれが流行なのかもしれないけれど、社会はたくさんの人たちで構成されているので違う年代の目も意識してくださいね。寒そうだしバランス悪いし、折角《せっかく》の女学生としての品格をおとしめているような気さえしてしまいます。

電車の中でお化粧をしている人を見て理沙はどう思いますか？　おばあちゃんは、外に出るための身だしなみの過程を人前で平然と見せている横柄《おうへい》さが大嫌いです。いったい、誰に見てもらうためのお化粧なのかしら。

この前、「服装」について考える素敵な新聞記事に出合いました。

地方の小さなコロッケ屋さんのおじいちゃんの紹介記事で、ちょうどおばあちゃんと同い年の方だったわ。学生だった戦争中に仲間がたくさん亡くなっている分、近所の高校生たちが愛おしくて、テストで八十点以上とった生徒にコロッケをおまけしている地元の名物おじいちゃん。その方がね、コロッケ屋さんの白い割《かっ》ぽう着《ぎ》の下にはワイシャツとネクタイをきちんと着けていらっしゃるの。仕事への誇りでしょうね。そして、学生がだらしのない格好でコロッケを買いに来ると「そんなんじゃコロッケ売ってやれん！」って一喝《いっかつ》なさるそうよ。若者には学生としての品格を持ってほしいって願っているのだそう。

おばあちゃんのお節介も同じだったので、共感してしまいました。

りっちゃん、ちょっと考えてみてくれたらうれしいです。

最後に最近読み返した本で理沙にお勧めしたい一冊があるのでそれを紹介します。『ピエールとリュース』という昔からの名作。第一次世界大戦の時代のパリが舞台の恋物語です。時代背景や文章がちょっと難しいかもしれないけれど、平和な時代に生まれ育っている今の理沙に是非読んでもらいたいなと思いました。おばあちゃん読み終わったから、今度渡すわね。何だか今回のお手紙はおばあちゃんのお小言集のようで、理沙がいやな気持ちにならないかちょっと不安です。楪世代の次世代へのメッセージと思って勘弁《かんべん》ね。

平成二十年二月五日

妙子

冬萌え

大好きな妙ちゃんへ

さすがに水道の水で顔を洗うのはつらいです。でもその前に、お布団から出ることができません（笑）。春が待ち遠しいよ。だけど、学校はとても楽しくて毎日があっという間です。

妙ちゃんからのお手紙、寮母さんが「素敵な文通ね」と渡してくれました。服装のことはちょっと耳が痛いよ。理沙の学校は色々なことが自由だし海外で育ってきた友達がたくさんいるから、日本人の感覚とちょっと違う世界なのかもしれない。「外見はどうだろうとやることとやればいいでしょ」みたいな感覚があるよ。だけど、確かにまわりに不快な思いをさせていたらいけないね。前にお母さんに「ルールとマナーは違うよ！」と言われたことを思い出しました。お母さんもそういうことを理沙に言いたかったんだね。さすが親子！　井の中の蛙でいないように気をつけまーす。

ところでもうすぐバレンタインデー。理沙は今度家に帰ったら手作りチョコをたくさん作る予定です。本命のチョコはもちろんなんだけど、女の子の仲良しにも少しずつプレゼントするの（友チョコっていうんだよ）。作って時間あったら妙ちゃんのホームにも届けるね。

三学期はあっという間です。もう三年生は受験期間なので退寮しているの。二年生も進路の話題が多いし……。理沙は今が楽しくて全然先のことを考えられないや。とりあえずバレンタインデーが終わったら、学年末試験を乗り切ります。

妙ちゃん、お母さんから「最近おばあちゃん、狭心症の発作が多くなったみたい」と聞きました。寒さ乗り切ってお元気でね。桜の並木道のお花見の約束忘れないでね。

二〇〇八年二月九日

理沙より

春《はる》霞《がすみ》

理沙ちゃんへ

三月になりました。三寒四温、寒い日もあるけれど気温が上ると薄曇りになります。バレンタインデーはどうでしたか？　「日曜日の夜中までチョコ作って月曜日の早朝に寮に戻っていったわよ」と由紀子が苦笑していましたよ。高校生活が楽しそうで何よりです。

一年前は理沙と麻里絵ちゃんの入試、今年は健太朗がやっと終わったところ。ケンちゃんも第一志望校に合格していますように。来年は啓太……三年連続ね。

今回は、サトウハチローという人の詩を紹介させてくださいね。先輩方が進路や職業のことを話題にしている様子というお手紙から思い立ちました（相変わらずのお節介でご容赦ね！）。

美しく自分を染めあげて下さい

――少年赤十字――

サトウハチロー

赤ちゃんのときは白
誰でも白
どんな人でも白
からだや心が
そだって行くのといっしょに
その白を
美しく染《そ》めて行く
染めあげて行く

毎朝　目がさめたら
きょうも一日

ウソのない生活を
おくりたいと祈る
夜《よる》　眠るときに
ふりかえって
その通りだったら
ありがとうとつぶやく
ひとにはやさしく
自分にはきびしく
これをつづけると
白はすばらしい色になる
ひとをいたわり
自分をきたえる
これが重《かさ》なると
輝きのある色になる

なにもかも忘れて
ひとのために働く
汗はキモチよく蒸発し
くたびれも　よろこびとなる
こんな日のひぐれには
母の言葉が耳にすきとうり
父の顔が目の中で
ゴムマリみたいに　はずむ

生れてきたからには
よき方向へすすめ
からだや心を大きくするには
よき道をえらべ
横道はごめんだ　おことわりだ
いそがずに　ちゃくちゃくと

自分で自分を
美しく　より美しく　染めあげて下さい

サトウハチローさんは、明治生まれの詩人です。戦後に流行《はや》った『リンゴの唄《うた》』やたくさんの唱歌……。『ちいさい秋みつけた』『お山の杉の子』とか……。詩の言葉からは、清《せい》廉潔白《れんけつぱく》な人のイメージでしょうけれど、実際のサトウさんの青春時代はかなりの波乱万丈、不良少年だったそうです。むしろ、純粋な心を持っていた故の苦悩があったのかもしれないわね。そういう意味では若いうちの失敗もアリだわね。理沙ちゃんが言うように「外見や服装で人の価値を判断できない」ということは、おばあちゃんもある意味真実だと思っています。

この詩も、こうやって改めて書き起こしてみたら、今の時代にはそぐわない感覚なのかな……とも感じました。とくに滅私奉公《めつしぼうこう》（意味わかりますか？）的な考え方は時代錯誤かもしれないわね。でも、おばあちゃんはこの詩がとても好きです。最後の三行は心から理沙ちゃんにプレゼントしますね。

来週はホームの行事で、バスでいちご狩り遠足よ。理沙は学年末試験かしら。春休みになったらホームに遊びに来てくださいね。そして、お花見の計画を一緒に立てましょう。

平成二十年三月一日

妙子より

桜吹雪 ふたたび

天国の妙ちゃんへ

約束の桜が今年も満開になったのに
なんで妙ちゃんはいないの？
風が吹くたびに
ハラハラと花びらが踊っているよ。
おじいちゃんにはもう再会できましたか？
今日から二年生です。

二〇〇八年四月八日

理沙

謹啓《きんけい》　万緑の候《こう》　皆様におかれましては　ますます御盛栄《ごせいえい》のことと拝察申し上げます

さて　母妙子儀　去る三月十一日　平安な日常の中で心筋梗塞のため急逝《きゅうせい》いたしました

葬儀は母の遺志により近親者のみにて執り行いこのたび父の眠る墓に無事納骨《のうこつ》いたしました事御報告申し上げます

母に成り代わりまして　生前に賜《たまわ》りました御厚情《ごこうじょう》に衷心より感謝申し上げますとともに今後も変わらぬ御厚誼をお願い申し上げます

本来ならば　おうかがいして御礼申し上げるところでございますがまずは書中をもって御挨拶申し上げます

謹白《きんぱく》

平成二十年五月

南部賢

おわりに

令和の始まりに思う

この話は、もう十年以上も前の記録がベースになったものですが、平成から令和へと時代が変わる今、改めて昭和ひとケタ世代の思いを語り継ぎたいと思いました。一個人の、一個人への思いにとどまらず、戦争を体験しているおばあちゃん世代が次世代への思いを繋いでいく一助として、多くの人々と分かち合いたいと思いました。妙子も理沙も、ある意味恵まれすぎた環境に居場所があった二人です。それでも、置かれた場所で日々を重ねた市井《しせい》の二人の記録は、多くの人と分かち合える気がいたします。

また、この記録を今の世に出したいと強く思った動機が、もう一つあります。

妙子との文通をしていたのちの理沙の高校生時代は、キラキラと輝く十五の心とは異なり、必ずしも順風満帆《じゅんぷうまんぱん》ではありませんでした。現代の多くの若者同様、悩み苦しみもがく時期がありました。きれいごとだけでは済まされない日々を経験しながらも、先生方をはじめ多くの方々に見守られながらなんとか高校を卒業しました。厳しい現実を受け入れながらの進学、就職。未だ自分探しの途上かもしれません。が、理沙は今、遠くアフリカのルワンダで子供たちのための図書館整備に奮闘しています。民族紛争で大虐殺《だいぎゃくさつ》があった彼の地《かち》で、「ルワンダの次世代のために自由な思考を保障する場を作りたい」という理沙の思いと行動を知った時、私の中で、戦中の妙子の思いを咀嚼《そしゃく》してたくましくなった理沙の成長を感じることができたのです。そして、妙子との文通期間のあとの暗中模索の日々をも含む娘のあの時期を心から肯定でき、この拙文《せつぶん》を世に送り出す勇気が湧《わ》きました。

物が溢れ情報が溢れ物質的に何不自由ない現代の日本において、思春期の若者がどう生きるか悩むのは当たり前。失敗・挫折・後悔……。失敗しても実体験の中から心のひだをたくさん増やしてほしい。だからこその「思春期」。

暗いトンネルを経験したからこそ培《つちか》われる明るい場所を知る感受性はあるのだ、と、妙子と理沙の文通やその後の理沙の行動を通して私も教えられました。それを妙子のメッセージと合わせて、多くの人々、特に若い世代と分かち合いたいと思った次第です。

戦争を知らない昭和世代の一人として、慈《いつく》しみ合いながら大家族の中で育ててもらえた

実際に小学１年生のころに理沙が書いた「みかんの皮をむくおじいちゃん」の様子

者として、せめて自分にできる次世代への行動がこの本の出版です。

ご理解を示してくださり活路を見出《みいだ》してくださったPHPエディターズ・グループの池谷秀一郎様、髙橋美香様にこの場をお借りして心より御礼申し上げます。

制作過程において、温かいイラストで懐かしい場面を甦らせてくださったコバヤシヨシノリ様、ありがとうございました。

題名に啄木の紡いだ言葉を使ってよいものなのか迷う中、ご理解を示してくださった盛岡の石川啄木記念館。盛岡は妙子の青春の地であるだけでなく、父方の南部家のルーツの地でもあります。そんなご縁をも啄木の言葉に重ねることができて、たまらなく嬉しく思っています。

そして、天国の母が、父や両祖父母に囲まれて微笑んでくれていたらいいな、と願います。ありがとうね、お母さん。また、ルワンダの理沙に本の出版についてメールで相談した折に「実名で本にしてくれていいよ。お互いに頑張ろうね」と返信をしてくれました。力強いメールにどれだけ背中を押してもらえたことか。

令和の時代を生きる若者たちに、幸多かれと乾杯！

園田由紀子

平成三十一年四月三十日〜令和元年五月一日

——時代が変わるはざまで——

《略家系図》

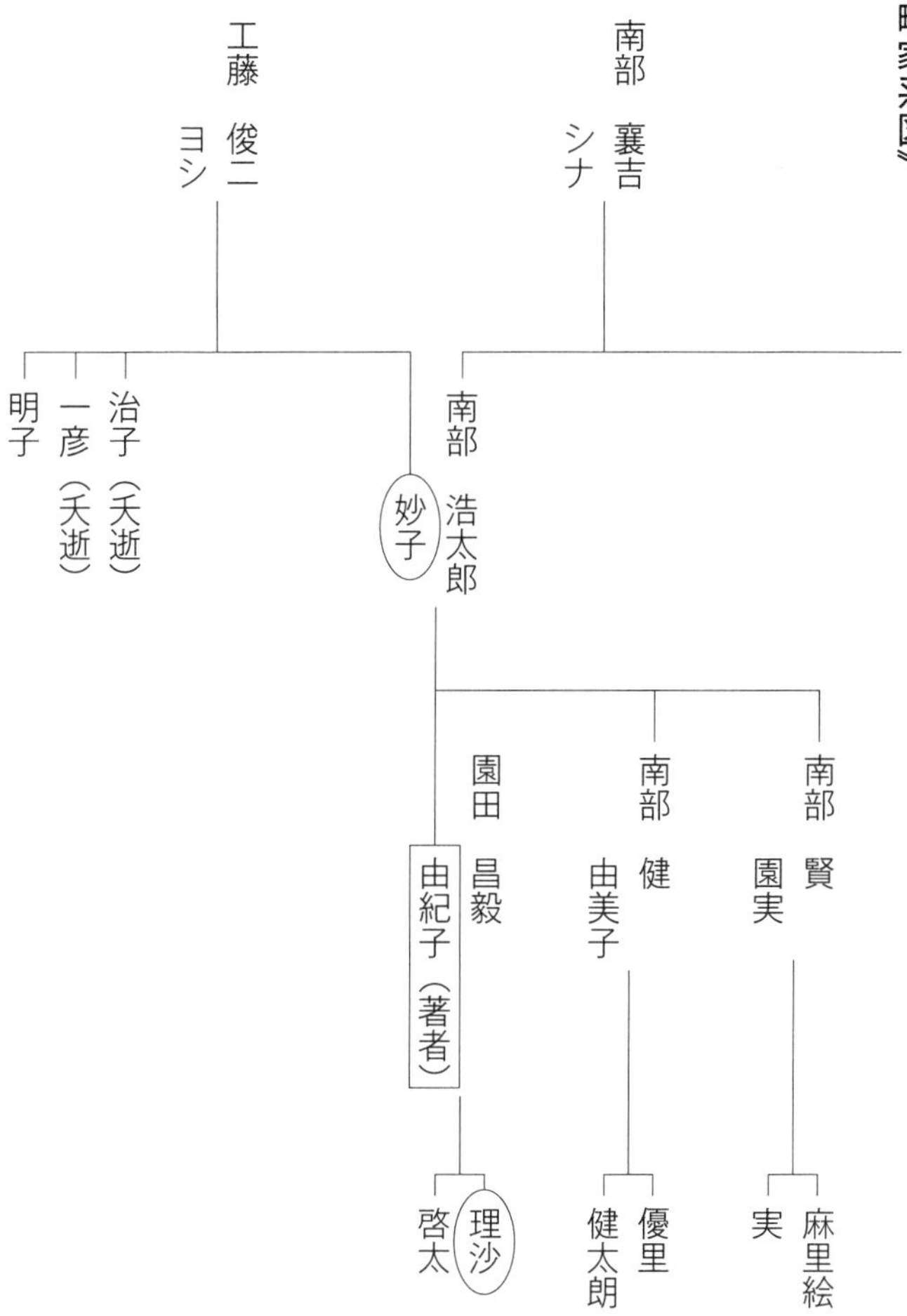
南部 襄吉
シナ
工藤 俊二
ヨシ
南部 浩太郎
妙子
治子（夭逝）
一彦（夭逝）
明子
南部 賢
園実
南部 健
由美子
園田 昌毅
由紀子（著者）
麻里絵
実
優里
健太朗
理沙
啓太

《著者略歴》
園田由紀子（そのだ・ゆきこ）
千葉県出身。千葉大学教育学部卒。公立小中学校教諭・非常勤教職員を経て、現在個人宅への子育て支援員を務める。娘の理沙がJICA青年海外協力隊員としてルワンダに派遣されたことを機に本作を発表。理沙が高校生の頃に祖母の妙子と文通していた事実に着想を得て本作を生み出した。

公益社団法人読書推進運動協議会「若い人に贈る読書のすすめ」2020、第45回千葉県課題図書（中学生の部）選出作品。

※本書の売り上げの一部（１冊あたり300円）が、著者を通じて公益財団法人日本ユニセフ協会に寄付されます。

空ニ吸ハレシ15ノココロ
おばあちゃんへのラストレター

2019年７月30日　第１版第１刷発行
2022年２月28日　第１版第４刷発行

著　者　園田由紀子
発　行　株式会社ＰＨＰエディターズ・グループ
〒135-0061　東京都江東区豊洲5-6-52
☎03-6204-2931
http://www.peg.co.jp/
印　刷
製　本　シナノ印刷株式会社

ISBN978-4-909417-29-9　C0093